Tucholsky Wagner Zola Scott Sydow Freud Schlegel
Turgenev Wallace Fonatne
Twain Walther von der Vogelweide Fouqué Friedrich II. von Preußen
Weber Freiligrath Frey
Fechner Fichte Weiße Rose von Fallersleben Kant Ernst Richthofen Frommel
Engels Fielding Hölderlin
Fehrs Faber Flaubert Eichendorff Tacitus Dumas
Maximilian I. von Habsburg Fock Eliasberg Zweig Ebner Eschenbach
Feuerbach Ewald Eliot Vergil
Goethe Elisabeth von Österreich London
Mendelssohn Balzac Shakespeare Dostojewski Ganghofer
Lichtenberg Rathenau Doyle Gjellerup
Trackl Stevenson Hambruch
Mommsen Thoma Tolstoi Lenz Hanrieder Droste-Hülshoff
Dach Verne von Arnim Hägele Hauff Humboldt
Reuter Rousseau Hagen Hauptmann
Karrillon Garschin Defoe Gautier
Damaschke Descartes Hebbel Baudelaire
Wolfram von Eschenbach Hegel Kussmaul Herder
Darwin Dickens Schopenhauer Rilke George
Bronner Melville Grimm Jerome Bebel Proust
Campe Horváth Aristoteles
Bismarck Vigny Barlach Voltaire Federer Herodot
Gengenbach Heine
Storm Casanova Tersteegen Grillparzer Georgy
Chamberlain Lessing Langbein Gilm Gryphius
Brentano
Strachwitz Claudius Schiller Lafontaine
Kralik Iffland Sokrates
Katharina II. von Rußland Bellamy Schilling
Gerstäcker Raabe Gibbon Tschechow
Löns Hesse Hoffmann Gogol Wilde Gleim Vulpius
Luther Heym Hofmannsthal Klee Hölty Morgenstern
Roth Heyse Klopstock Kleist Goedicke
Luxemburg Puschkin Homer Mörike
La Roche Horaz Musil
Machiavelli Kierkegaard Kraft Kraus
Navarra Aurel Musset
Nestroy Marie de France Lamprecht Kind Kirchhoff Hugo Moltke
Laotse Ipsen Liebknecht
Nietzsche Nansen Ringelnatz
Marx Lassalle Gorki Klett Leibniz
von Ossietzky May vom Stein Lawrence Irving
Petalozzi Knigge
Platon Pückler Michelangelo Kock Kafka
Sachs Poe Liebermann Korolenko
de Sade Praetorius Mistral Zetkin

Der Verlag tredition aus Hamburg veröffentlicht in der Reihe **TREDITION CLASSICS** Werke aus mehr als zwei Jahrtausenden. Diese waren zu einem Großteil vergriffen oder nur noch antiquarisch erhältlich.

Symbolfigur für **TREDITION CLASSICS** ist Johannes Gutenberg (1400 — 1468), der Erfinder des Buchdrucks mit Metalllettern und der Druckerpresse.

Mit der Buchreihe **TREDITION CLASSICS** verfolgt tredition das Ziel, tausende Klassiker der Weltliteratur verschiedener Sprachen wieder als gedruckte Bücher aufzulegen – und das weltweit!

Die Buchreihe dient zur Bewahrung der Literatur und Förderung der Kultur. Sie trägt so dazu bei, dass viele tausend Werke nicht in Vergessenheit geraten.

Das Tagebuch und das Traumbuch

Gottfried Keller

Impressum

Autor: Gottfried Keller
Umschlagkonzept: toepferschumann, Berlin

Verlag: tradition GmbH, Hamburg
ISBN: 978-3-8424-9117-5
Printed in Germany

Text der Originalausgabe

Gottfried Keller

Tagebuch

Eröffnet den 8. Juli 1843 in Zürich

»Ein Mann ohne Tagebuch (er habe es nun in den Kopf oder auf Papier geschrieben) ist, was ein Weib ohne Spiegel. Dieses hört auf Weib zu sein, wenn es nicht mehr zu gefallen strebt und seine Anmut vernachlässigt; es wird seiner Bestimmung gegenüber dem Manne untreu. Jener hört auf, ein Mann zu sein, wenn er sich selbst nicht mehr beobachtet und Erholung und Nahrung immer außer sich sucht. Er verliert seine Haltung, seine Festigkeit, seinen Charakter, und wenn er seine geistige Selbständigkeit dahin gibt, so wird er ein Tropf. Diese Selbständigkeit kann aber nur bewahrt werden durch stetes Nachdenken über sich selbst, und geschieht am besten durch ein Tagebuch. Auch gewährt die Unterhaltung desselben die genußvollsten Stunden.«

Diese Worte habe ich vor fünf Jahren, im Heumonat 1838, in meinem neunzehnten Jahre, niedergeschrieben, ohne daß ich bis jetzt irgend einmal ein Tagebuch angefangen hätte. Ich denke aber, es geht mir nicht allein so, und ich habe schon oft geahnt und an mir selbst erfahren (ich müßte denn eine tüchtige Abnormität sein), ich habe schon oft bemerkt, sage ich, daß in der Welt sehr viel Schönes, Wahres, sehr gründlich und solid Scheinendes, dem, der es sagt, zur Ehre Gereichendes gesprochen, geschrieben und behauptet wird, ohne daß es dem Autor im mindesten in den Sinn käme, das mit so viel Energie Geäußerte auf sich selbst anzuwenden oder auszuüben.

So ist es mir nun auch mit meinem Tagebuch gegangen, und ich habe die so lehrreiche Zeit meines ersten Ausfluges in die Welt, die drei Jahre, welche ich in München zubrachte, samt allen Eindrücken, die ich dort empfangen, das heitere, schöne Künstlerleben, die bangen sorgenvollen Tage, die ich erlebt, und sonst noch so vieles, was mein Gemüt lebhaft ergriffen; die Rückkehr und Flucht ins mütterliche Haus: das alles habe ich handelnd und leidend an mir vorbeiziehen lassen, ohne eine Silbe darüber niederzuschreiben.

Ich habe mir zwar das ganze Bild in seinen Umrissen und mit seinen Lokalfarben ziemlich treu bewahrt, und wenn ich einst aus mir selbst heraustreten und, als ein zweites Ich, mein ursprüngliches eignes Ich in seinem Herzkämmerlein aufstören und betrachten, wenn ich meine Jugendgeschichte schreiben wollte, so würde mir dies, ungeachtet ich bis jetzt nie ein Tagebuch führte, und nur früher, vor bereits sechs Jahren, dann und wann, aber sehr selten,

einzelne abgerissene Vorgänge der Außen- und Innenwelt auf-
zeichnete, dennoch ziemlich gelingen. Aber wie viele, viele Gedanken und Ideen, wie sie Sonne und Mond uns bringen, gingen mir
nicht verloren? Wie viele Erfahrungen und Erlebnisse hatten keinen
oder nur wenigen Nutzen für mich, weil ich sie mir nicht genugsam
einprägte?

Wie viele poetische Motive und künstlerische Erscheinungen gingen wie Traumbilder, auf die man sich beim Erwachen nicht mehr
besinnen kann, an mir vorüber? Und wie viel reizende und bedeu-
tungsvolle Geschichten, Vorfälle und Anekdoten verweben sich
dem sinnigen Menschen in sein tägliches Leben, aus denen er oft
die schönsten Geistesblumen ziehen könnte, und die meistens spurlos verloren gehen, wenn er nicht einen gehaltvollen Briefwechsel
oder ein Tagebuch führt!

Der Hauptgrund aber, der mich zur Führung eines solchen trieb,
liegt in der Beschäftigung an sich selber, die sie mir verleiht. Das
Tagebuch wird mir ein Asyl sein für jene grauen, hoffnungslosen
Tage, die mir oft in stumpfem Nichtstun vorübergehen und spurlos
in die dämmernde Vergangenheit verschwinden. Es sind dies die
Tage, welche man, gehemmt durch äußere, widerliche, oft miserab-
bel kleinliche Umstände, oder durch innere Erschöpftheit, Rat- und
Mutlosigkeit dahinbrütet, ohne einen frischen Entschluß zur Arbeit
fassen zu können. Ich weiß wohl, es gibt Leute, welche diese Tage
nicht kennen; sondern jahraus jahrein, vom Morgen bis Abend,
arbeiten können; ich meine hier nicht die Handarbeiter, sondern die
Geisteshandlanger, die glücklichen Wesen, welchen materiell kein
Augenblick verloren geht, den sie nicht benutzen können, wie man
Nadel und Zwirn, Waschwasser u. dgl. benutzt, welche mit der
unerträglichsten, selbstzufriedenen Emsigkeit die Werkel- und
Schmutztage hindurch fuseln und schlampen und am Sonntage mit
fetter Behaglichkeit nichts tun, nichts denken, nichts sehen; sondern
ihren Gänsebraten verzehren und mit Weib und Kind hinaus-
schlendern, nicht um Wald und Au zu sehen, vielmehr um Basen
und Gevattern anzutreffen, und den feinen, wohl konservierten
Sonntagsrock zu lüften; welche nur sprechen: Heute ist Feiertag!
und sich dann vor allem Denken so wohl verwahren können, wie
man sich vor dem Sonnenscheine schützt, indem man nur in den
Schatten tritt. Glücklich sind diese Leute, und ich bin geneigt zu

glauben, daß diese Behaglichkeit, verbunden mit einem geregelten, ersprießlichen Fleiße, mit den spätern Jahren auch feurigern und kräftigen Naturen, wenn sie lange genug gelitten und gekämpft haben, zuteil werden könne. Denn jeder Mensch wird am Ende Philister, nur mit dem Unterschiede, daß es der eine innerlich, der andere äußerlich, der dritte aber traurigerweise total wird.

Ich aber bin noch nicht, noch lange nicht so weit, daß alle meine Entwürfe, oder nur der kleinere Teil derselben, so gediegen, klar und unabänderlich wären, daß nicht Tage, ja Wochen und Monate der Unterbrechung und der Niedergeschlagenheit kämen, wo nichts ans Sonnenlicht dringen will in freudiger Klarheit. Es gibt Zeiten, wo man, geschweige einen warmen Menschen, nicht einmal ein warmes, lebendiges Buch zur Hand hat, an dem man sich bereichern und erquicken könnte. In diesen Zeiten soll das Tagebuch mein Trost sein! Wenn ich einen lieben langen Tag nichts Bleibendes getan habe, so will ich wenigstens dies hineinschreiben, und dann wird das Buch mir entweder einige Gedanken geben, oder einige entlocken, so daß doch etwas, daß doch einige Worte zurückbleiben von der luftigen Blase, der Zeit.

Aber nicht bloß in Tagen der Mutlosigkeit – nein! auch in Tagen der festlichen, rauschenden Freude will ich stille Momente verweilen und ausruhen im traulichen Schmollwinkel meines Tagesbuches. Ich will die schönsten Blüten erlebter Freude hineinlegen, wie die Kinder Rosen- und Tulpenblätter in ihre Gebetbücher legen; und wie sie sich dann in späteren Jahren wehmütig erfreuen, wann ihnen so ein verblichnes Blumenblatt in einem alten Buche zufällig wieder in die Hände fällt: so will ich mich in meinen letzten Erdentagen erfreuen an den Bildern entschwundener Freuden. Wann dann zwischen dreihundertfünfundsechzig Regentagen des Leidens nur *ein* Sonnentag der heiteren Freude und des Mutes hervorlacht, so will ich alle jene Regentage vergessen und mein dankbares Auge nur auf diesen sonnigen Freudentag heften und den Herren preisen, daß er mir wenigstens diesen gegeben hat. Wann ein junger Mensch in die Fremde hinauszieht, so gibt man ihm ein Wanderbuch mit, durch dessen Blätter alle sich eine gefärbte Schnur schlingt, die auf dem letzten Blatte mit einem Siegel befestigt ist. Dies Tagebuch soll mein Wanderbuch sein, das ich bei jeder neuen Station meines Lebens meinem höchsten Tribunale, dem Gewissen, vorweisen werde, und der grüne Faden, der dasselbe durchzieht, ist die Hoffnung, und das Siegel, das diesen grünen Faden abschließt, ist der Tod mit dem Bildnis der Ewigkeit. Ich werde vertrauend hoffen und immer hoffen, bis meine Augen brechen; und wann dann die Menschen mich auslachen und sagen werden: «Siehe, du hast umsonst gehofft, du stirbst arm und verlassen, wie du geboren wurdest», so werde ich zu ihnen sagen: «Ihr Toren! jetzt geht die Hoffnung erst recht an!»

Dann soll man mein Wanderbuch mir in den Sarg geben und unter mein Haupt legen, daß es darauf ruhe. Das Papier und das Irdische, Schwere darauf wird mit meinem Leibe verwesen; das Bessere aber wird mit dem Geiste hinaufschweben, wo das neue, hellere Leben beginnt. Werden dann nicht die Erfahrungen und Ahnungen dieses Lebens, geläutert und gereinigt in dem verborgnen Feuer des Grabes, unser neues und schöneres Gewand bilden, in welchem wir die ewige Reise unseres *Seins* fortsetzen?!

Heute habe ich Hoffmanns Biographie von Hitzig fertig gelesen. Letzterer, welchen ich zuerst in Chamissos Werken kennen lernte, ist mir ordentlich lieb geworden. Welch ein vortrefflicher Freund von so Vortrefflichen, und dabei welch eine edle Bescheidenheit! Was nun Hoffmann und sein Leben selbst betrifft, so habe ich mich sehr daran erbaut und gestärkt. Denn das Leben großer Männer, welche dabei unwandelhaft, klar und ohne hindernde Schwächen ihren Weg gingen, ist uns wohl Vorbild, zur Bewunderung und Nachahmung reizend, so Schiller, Jean Paul und andere; ein Leben, wie Goethes, das ohne materielle Sorgen und Kummer, in heiterer Ruhe, behaglichem Wohlstand und klarem Selbstbewußtsein fortfließt, höchstens von selbgeschaffnen Geistesstürmen aufgeregt, vermag uns mehr niederzubeugen als aufzurichten. Ein Leben aber, wie Hoffmanns, voll Mangel, Not und Nahrungssorgen, denen immer zur rechten Zeit die Hilfe nahe war, ein Leben, das mit großen Schwachheiten, die wir oft auch kennen, zu kämpfen hat und ihnen manchmal unterliegt, dient uns zum lebendigen Beispiel, zur Stärkung, zum Trost; und, weil es einem Manne angehört, den wir sonst lieben und achten und seiner Schwächen halber bemitleiden, so zeigt es uns besser und eindringender, was wir zu tun und zu lassen haben, als alle Moral.

Ich, der ich zu jeder Zeit einen vollen Pokal, verbunden mit dem Rundgesang fröhlicher, braver Gesellen liebte und demselben meine schönsten und freudigsten Stunden, bisher wenigstens, verdankte, ich habe nun gesehen, wohin es führt, wenn man sich diesen Freuden der Geselligkeit systematisch überläßt, und das herrliche Sonnenkind, den Wein, als Zweck und nicht als Mittel zur Freude betrachtet. Nein! Diese goldenen Becherstunden müssen nur wie seltene Meteore mit ihrem Sang und Klang in unsere Erdennächte hineinleuchten, wenn sie uns das sein sollen, wozu sie uns gegeben sind. Wie wehe muß es Hoffmanns besseren Freunden getan haben, ihn zum fast gemeinen Weinschmecker und Stammgast einer Kneipe hinabsinken zu sehen! Zu ihrem Troste war aber Hoffmann ein Mensch, den man durch alle Schwächen und Verhältnisse hindurch liebte und nie aus den Augen verlor. Anders ist es, wenn ein unserm Herzen Angehöriger sich innerlich verschlechtert, wenn er sich verhärtet gegen die Wahrheit und zum Apostat wird am Allerheiligsten, zum Verräter am Geiste, wie es auch schon welche unter den großen Genies gegeben hat. Diese zwingen uns, sie zu hassen und zu bekämpfen.

Hoffmann war Musiker, Dichter und Maler. Doch glaube ich, daß sein Ruf hauptsächlich nur noch in seinen literarischen Werken lebt. Da ich nicht Musikkenner bin, so kann ich in dieser Hinsicht nicht urteilen, doch habe ich als Laie seinen Namen unter denen der gleichzeitigen und frühern Komponisten zu wenig nennen gehört, als daß ich annehmen könnte, er habe außerordentliche oder klassische Verdienste in dieser Hinsicht. Was aber die bildende Kunst angeht, so mag seine Malerei wohl mehr in seinem Enthusiasmus dafür und in dem, was er selbst so viel darüber gesprochen hat, bestehen, als in seinen eigentlichen künstlerischen Werken. Er müßte eben nicht Hoffmann gewesen sein, wenn er nicht gute und phantasievolle Karikaturen gemacht hätte, was ich aber Ernsthaftes von ihm gesehen, das erhob sich nicht über das Mittelmäßige und meistens Geschmacklose seiner Zeit, wo die herrliche Richtung, die Cornelius und seine Schüler der deutschen Kunst gaben, eben angebahnt wurde; er nimmt als Maler nicht einmal eine Stelle unter den Künstlern vor Cornelius ein, wie man die Verhältnisse wenigstens jetzt überblickt; und wenn man das nicht tut, so ist es unrecht, einem den Namen davon beizufügen, und trübt das Urteil der Befangenen über den ganzen Gehalt eines solchen Mannes. Da Hoffmann ein Genie war und großen Drang zur Malerei hatte, so zweifle ich keineswegs, daß er ein großer Maler geworden wäre, wenn er die strenge und berufsmäßige Bildung erhalten hätte, welche die bildende Kunst verlangt. Ein Genie, das viel gelesen hat, kann auch gewiß etwas Gutes schreiben, ohne seine Jugend auf Universitäten zugebracht zu haben; denn der Gedanke ist es, der das Wort adelt. Bei der bildenden Kunst aber sind Form und Gedanke eins, und mit dem feinsten Gefühl, mit der besten Überzeugung und mit der feurigsten Phantasie kann man keine schöne, klassische Figur zeichnen, wenn man nicht mit seiner eignen Hand jahrelang ausschließlich, ich möchte sagen handwerksmäßig unter guter Anleitung gezeichnet und studiert hat; der Maler und Bildhauer studiert nur mit dem Griffel in der Hand; daß man aber Jus studieren und Musik treiben könne neben dem Malerstudium, das halte ich für unmöglich, wenn man in letzterem mehr als Dilettant sein will.

Von Hoffmann zu verlangen, daß er die Malerei aufgeben und alle seine Kräfte der Dichtkunst zuwenden solle, wäre eine Philisterei gewesen; denn der Evangelist Johannes sagt:»Der Wind wehet, wo er will, und du hörest sein Tosen; aber du weißest nicht, von wannen er kommt, noch wohin er fahren wird. – Also ist ein jeder, der aus dem Geiste geboren ist!« Aber es ist ein frommer Wunsch, daß er diesen Drang zur Bildnerei nicht gehabt und die Literatur, mit einem ganz gereinigten Geschmack, zu seiner Lebensaufgabe gemacht haben möchte. Gewiß würde er unter den ersten Sternen am deutschen Dichterhimmel glänzen. – Ich werde nun seine Schriften gänzlich durchlesen.

Trostloser Regentag! Nach wenigen blühenden Lenztagen ging der Mai in einen nassen, regnerischen Sommer über, welcher bis jetzt in ewigem Weinen trauerte, einige Sonnentage ausgenommen. Wenn es so fortfährt, so dürfte es einen traurigen Herbst und Winter geben, da man eine Teurung befürchtet. Verdrießliche, hoffnungsarmeStimmung. Dazukommt noch das geheime, unheildrohende Gären und Motten des Kommunismus und die kecken, öffentlichen Äußerungen desselben. Das Nachdenken über diese wichtig werdende Zeitfrage macht mich konfus. So viel scheint mir gewiß, daß mehr Elend, als je, auf Erden ist, daß der Kommunismus viele Anhänger gewinnt und schon hat, und daß es nur einer Hungersnot bedürfte, um demselben mit aller Macht auf die Beine zu helfen. – Ein Prediger desselben, der Schneidergeselle Weitling, welcher ein Buch »Garantieen der Harmonie und Freiheit«, mit Geist und Feuer, darüber geschrieben hat, ist hier arretiert worden. Die Arrestation hat bei der liberalen Partei Unwillen erregt, da sie gewalttätig aristokratisch ausgeführt und die freie Presse durch eine mitternächtliche Untersuchung zugleich beleidigt wurde. Indessen könnte ich dem Kommunismus des Weitling und seiner Freunde keine gute Seite abgewinnen, da er einerseits in Hirngespinsten besteht, welche unmöglich auszuführen wären, ohne das Elend größer zu machen, weil sie die ganze gegenwärtige Ordnung der Dinge nicht nur außen, sondern bis in unser Innerstes hinein, umstürzen würden; anderseits mir aber nur die Folge einer immer mehr um sich greifenden Genuß- und Bequemlichkeitssucht zu sein scheint; hauptsächlich aber scheint es mir ein kurzsichtiger und gieriger Neid dieser guten Leute gegen die Reichen dieser Welt zu sein. Sie wollen nicht, wie Weitling deutlich sagt, bloß zu essen, sie wollen es vollauf, üppig und gut haben; sie wollen auch einmal an die Reihe. O ihr Toren! –

Wenn ihr ganz gleichmäßige Erziehung vom Staate aus, Sorge für allgemeinen Verdienst vom Staate aus, allgemeine Versorgung der Verdienstunfähigen und Hülflosen vom Staate aus verlangt: dann bin ich mit Leib und Seel' bei euch! – So aber, mit euren wirklich fanatischen, weltstürmenden Gedanken bleibt mir vom Halse, schert euch ins Tollhaus, wenn ihr's aufrichtig, und zum Teufel, wenn ihr es nur für euren werten Bauch gemeint habt!

Das Wetter heitert ein wenig auf. Heute faßte ich plötzlich den Entschluß, einige Gedichte zusammenzupacken und einer Zeitschrift, etwa Lewalds »Europa« zuzusenden mit einem sentimentalen Katzenjammerbriefe. Ich habe zwar die »Europa« lange nicht mehr gelesen und weiß nicht, was sie für eine Tendenz hat; aber ich muß einmal etwas wagen, um den Karren aus dem Schlamm zu bringen. Geht es, so geht es und ist gut. Werde ich abgespeist, so habe ich das Meinige getan und kann mit mehr Gelassenheit das Schicksal oder die Vorsehung walten lassen. Ich habe nun einmal großen Drang zum Dichten; warum sollte ich nicht probieren, was an der Sache ist? Lieber es wissen, als mich vielleicht heimlich immer für ein gewaltiges Genie halten und darüber das andre vernachlässigen. Eine leichte Erzählung, die erste, wurde heute erfunden und angefangen, die ich vielleicht mit an Lewald nach Wien schicke, da sich solche Sachen als Beiträge eignen möchten. Zwei reisende Freunde finden im Irrenhause einer Stadt am Rhein einen originellen Wahnsinnigen, den ein großes Schicksal verfolgt hat. Sie gewinnen sein Vertrauen, besuchen ihn in seinem Kerker, und das gibt den Raum zu dem Hauptzwecke der Erzählung, zu märchenhaften, phantastischen und traurigen Szenen.

An obiger Erzählung geschrieben. Dann dem Leichenbegängnisse des Altbürgermeisters Melchior Hirzel beigewohnt. Er war ein edler Gefühlsmensch, sein Leben lang für Ideale kämpfend, ein Mann und Freund des Volkes und der Volksschule, für welch letztere er sehr viel getan und geopfert hatte. Aber er war weniger praktisch; so wurde er Anno 1839 durch seinen Stichentscheid über die Berufung des Dr. Strauß ein Haupturheber der unseligen Septembertage und ihrer Nachgeburten. Er hatte dem Teufel ein Plätzlein bereitet, wo er seinen Schwanz darauf legen konnte. Große Enthusiasten sind auch den größten Irrtümern unterworfen; dieser Satz bewährte sich an Hirzel. Indessen haben ihn die Journale aller Parteien, welche auf eine geistigere Tendenz Anspruch machen können, durch teilnehmende, anerkennende Nekrologe geehrt.

Den 13. Julius

An den »Reisetagen« geschrieben; nicht viel getan; unbehagliches Ersticken in der Unruhe und im Gefusel des Hauses. Ich war früher nicht so abhängig von bequemer Lokalität und äußerer Stimmung.

Den 14. Juli

Endlich habe ich etwas von Anastasius Grün bekommen: »Schutt, Dichtungen«. Schüchterne und furchtsame Bemerkungen, daß die Zeit der Balladen, niedlichen Romanzen und wenigsagenden Tändeleien in elegantem Stil vorbei sein dürfte, und daß der Dichter mit tiefen Gedanken, großer, nobler Phantasie und schlagender, überquellender Sprache auftreten muß, mehr als je. Er muß, so glaube ich nun bemerkt zu haben, gleich im Anfang Klänge ertönen lassen, welche sich dem besten schon Vorhandenen vergleichen lassen können, wenn er Aufmerksamkeit erregen will. Artige und gute Gedichte fliegen einem jetzt in allen Blättern vor den Augen herum, ohne daß man sich oft nur die Mühe nimmt, nach dem Verfasser zu sehen.

Besonders aber muß sich nun der Dichter mit den großen Welt-Fort- oder Rückschritten beschäftigen, mit den ernsten Lebensfragen, die die Menschheit bewegen. Welch eine poetische Blütenfülle diese aus dem geweihten Dichter hervorzurufen vermögen, beweist Anastasius Grün. Solange die Sache der Menschheit, die Freiheit, solche Sänger hat, darf man die Hoffnung nicht verlieren.

Das »Pfingstfest« gedichtet. Ideen: Eine Blumendichtung; die Blumen der verschiedenen Jahreszeiten haben schon lange von einander singen und sprechen gehört. Sie sehnen sich, einmal alle einander zu sehen, und beschließen durch eine noch zu erfindende Korrespondenz, alle zusammen in einem Herbste aufzublühen. Dieser Herbst kommt, und in feenhafter Menge und Mannigfaltigkeit sprießen die Blüten des ganzen Jahres auf einmal hervor. Große Pracht. Aber bald entbehrt diese Blume das, jene etwas anderes, und alle, bis auf die Herbstblumen, fühlen sich mitten in dem üppigen, zaubrischen Leben unglücklich.

2. Gedicht nach einem alten Holzschnitte in der Froschauerbibel, die Erschaffung der Eva darstellend. Naivetät des Bildes; Gott Vater, ein gutmütiger Alter in päpstlichem Ornate, zieht die Eva mit freundlichster Geschäftigkeit aus des schlafenden Adams Lenden hervor. Beschreibung der verschiedenen Tiere und Tierlein im Paradiese, worunter humoristische Gestalten. Zuletzt Sonne und Mond, welche, umgeben von den Sternen, mit fröhlichen Menschengesichtern hinter den fernen Bergen heraufschauen.

3. Ein Laubhüttenfest, welches eine bedrängte Judenfamilie in einer bigotten Christenstadt auf ihrem Hausdache im Verborgnen feiert.

Das Regenwetter dauert fort. Ein Sonett entworfen darüber, worin die beängstigte Stimmung und Sehnsucht nach Sonnenschein und Wärme ausgesprochen wird.

Das gestern über Anastasius Grün Geschriebene überlesen und gefunden, daß ich die Balladen unabsichtlich mit den niedlichen Tändeleien zusammengestellt habe; denn obgleich das Balladendichten in strenger Form aus der Mode gekommen zu sein scheint, so möchte es doch schwerer sein, eine Ballade, wie Schiller und Goethe sie gemacht haben, hervorzubringen, als das schönste Gedicht, wo der Dichter nur innere Zustände und Gefühle ausspricht. Denn hier braucht er nicht aus sich herauszugehen und darf nur den Schnabel auftun, um die Melodieen herausströmen und überschwellen zu lassen, wie sie wollen, während er dort sich mit dem Stoff, Kostüm und Sitten abarbeiten muß. Eine Hauptursache aber ist der alte Zwang, Neues zu leisten; und in Balladen ist es bekanntlich schwer, noch etwas Neues zu bringen. Auch sind uns die schönsten Balladen, die wir haben, gleichgültig geworden durch das ekelhafte Drehorgeln und Deklamieren von sentimentalen Buchbindergesellen und empfindsamen Kammermädchen, welche vielleicht gerne die »Glocken dumpf zusammenhallen« hören würden, wenn sie sagen könnten: »Seine Küsse, wie sie hoch auflodern!« oder: »Schönheit war die Falle meiner Tugend!«

Idee: Zwei Freunde werden durch unüberlegte Worte bei einem Freudenmahle entzweit. Zwischenträger erweitern die Kluft. Sie meiden sich lange Zeit, und jeder sucht anderswo Ersatz für den verlornen Freund, jeder fühlt sich aber höchst unglücklich. Der eine verreist in ein fernes Land, um Ruhe zu finden, kömmt aber ruhelos wieder zurück. Endlich werden sie durch glücklichen Zufall einander wieder nahe gebracht, versöhnen sich, und die Versöhnung, die auf einem Spaziergange stattfindet, mit dem darauffolgenden Glücke, soll die Glanzstelle des Gedichtes bilden.

Diese Kommunisten sind wie besessen. Ich habe mich zwei Stunden mit einigen herumgezankt; es waren Schneidergesellen, samt ihrem Meister, und ein etwas studiert scheinender Bursche mit guter Zunge. Die Schneider waren durchaus nicht dazu zu bringen, aus dem Kommunismus und seinen Ideen herauszutreten und ihn unbefangen von außen anzusehen; und wann sie sich nicht mehr ausdrücken konnten, oder sich vergaben, so rückte schnell der Studierte mit Sukkurs heran und baute mit geläufiger Zunge ein Gebäude auf, bei dem man ihm fast jeden Stein sozusagen anerkennen mußte, und welches man am Ende nur mit den Worten wieder umstoßen konnte: »Es wird und kann halt nicht sein!« freilich nicht zu seiner Überzeugung. Der Meister aber ist ein heftiger Demokrat und ehrlicher Republikaner, welcher vom Kommunismus endliche Besiegung aller Aristokratie und ihrer Sippschaft hofft und darum an ihn glaubt.

Nach der Natur gezeichnet. Ich habe eine große, alte Föhre angefangen mit Bleistift. Ich werde trachten, mir eine hübsche, genaue
Zeichnung anzugewöhnen; denn, abgesehen davon, daß die Stu-
dienblätter an sich selbst einen innern Wert dadurch bekommen
und mir noch lange nachher zur Freude gereichen, so nützen sie mir
auch bei der Anwendung mehr, als die rohen Farbenkleckse, die ich
früher machte. Auch will es mich bedünken, daß es auch einem
Landschaftsmaler gar nichts schadet, wenn er mit Bleistift oder
Feder in einem gewissen Stile gewandt umzugehen weiß; wenn-
schon viele es verachten und höchstens plumpe Schmieralien mir
rußiger Kreide und Weiß zu machen wissen. Überdies kommt das
gute Zeichnen mit der Feder einem sehr zustatten in dem Falle, wo
man etwa auf den Gedanken kommt, etwas zu radieren.

Stoff zu einem Gedichte, nach einer wahren Begebenheit, die sich
vergangene Woche hier ereignete: Ein Mann und eine Frau, beide
im verwitweten Zustande, heiraten einander. Die Ehe wird aber
unglücklich, weil sie sich nicht verstehen können, und jedes denkt
mit Reue und Schmerzen an die frühere, verstorbene Ehehälfte,
sprechen immer davon und besuchen beiderseitig täglich die Grä-
ber derselben, schmücken diese und trauern und weinen darauf.
Dadurch entsteht das unglückseligste Verhältnis; besonders ist es
die Frau, welche durch einen melancholischen und zugleich etwas
bösartigen Charakter das Ihrige beiträgt. Der Mann bekommt die
Schwindsucht, kommt auf das Sterbelager und beschuldigt laut die
Frau als die Ursache. Er stirbt, und am gleichen Tage stürzt sich die
unglückliche Frau vom Hausdache auf die Straße hinab!

Nach der Natur gezeichnet und mich dabei an einem Ameisen-
bau ergötzt, welcher in meiner Nähe war. Ich warf das ausgerauch-
te Endchen einer Zigarre hinein. Einige Polizeiinspektoren unter-
suchten es, machten sich aber spornstreichs wieder davon. Nachher
legte ich ein kleines Stückchen von einem Pfannkuchen hin, welchen ich zum Mittagsmahle mitgenommen hatte; sogleich war es
mit Ameisen bedeckt, und nun ging das possierlichste Treiben an.
Das Stückchen bewegte sich bald fort, hinten und vorn zogen und
schoben die Tierlein auf das lustigste. Ich sah ganz deutlich, wie
einige im Wege liegende Hindernisse, Reiserchen und dergleichen
erst auf die Seite schafften und dann nachher wieder anpackten,
während andere solche vorragenden Ecken des fortzuschaffenden
Gegenstandes, welche durch die Öffnung nicht hindurchpaßten,
abbissen und so wegschleppten. In einer Weile darauf sah ich nichts
mehr davon. Nach ungefähr zwei Stunden störte ich den Bau mit
einem Rütchen vorsichtig auf, und siehe, das Omelettenfragment
war zuunterst, etwa dreiviertel Fuß tief, wohl versorgt, obgleich
schon tüchtig angenagt. Jetzt wimmelte aber alles auf, und die erste
Sorge war, den Schatz wieder in Sicherheit zu bringen. Erst nachdem sie ihn wieder verborgen hatten, begannen sie die Renovation
der Kolonie, welche am Abend beinahe zu Ende war. Das unglück-
selige Zigarrenendchen aber lag, wie eine verzauberte Prinzessin,
immer an derselben Stelle. Die emsige Geschäftigkeit und die an-
scheinende Freudigkeit der Tierchen über den fremdartigen Fund
des Pfannkuchenstückleins erinnerte mich an die Trojaner, als sie
das rätselhafte Pferd in ihre Stadt führten.

Die Führung meines Tagebuches hat schon eine Unterbrechung erlitten. Was sind feste Vorsätze?

Vergeblich wähnt der Mensch, wenigstens der junge, Herr seiner selbst zu bleiben und sich kalt und parteilos zu beobachten. Wenn uns die Leidenschaft, der Kummer ergreift, so verlieren wir alle Haltung über uns selbst, und oft lohnt es uns nicht die Mühe, die Gefühle des Augenblickes, die uns zerreißen, für die Zukunft zu fixieren.

Mein vierundzwanzigster Geburtstag, der 19. Juli, ist regnerisch und stürmisch an meinem Innern vorübergezogen. Meine Hoffnungen sind um nichts besser geworden, und wenn ich etwas Weiteres gelernt habe, so muß es durch inneres Anschauen und durch von Erfahrung gestärkte Auffassungskraft geschehen sein; denn in der gedrückten, kummervollen Lage, in welcher ich mich fortwährend befinde, kann ich wenig mit meinen armen Händen arbeiten und mutig zutage bringen. Schreiben oder lesen kann ich immer, aber zum Malen bedarf ich Fröhlichkeit und sorglosen Sinn.

Die Zeit ergreift mich mit eisernen Armen. Es tobt und gärt in mir wie in einem Vulkane. Ich werfe mich dem Kampfe für völlige Unabhängigkeit und Freiheit des Geistes und der religiösen Ansichten in die Arme; aber die Vergangenheit reißt sich nur blutend von mir los. Ich habe in den letzten Tagen Schriften der deutschen politisch-philosophischen Propaganda gelesen, viele Überzeugung daraus geschöpft, aber ich kann mich mit dem zersetzenden, höhnischen Wesen derselben noch nicht aussöhnen; denn ich will eine so zarte schöne Sache, wie das Christentum ist, auch mit Liebe behandelt wissen, und wenn es zehnmal auch ein Irrtum wäre; nicht der Pfaffen und Vorrechtler, sondern des armen Volkes wegen, dessen fast einziger Reichtum, wenn auch durch die heillosen Volksblutigel freilich mehr zu seinem Schaden, das Christentum bis dato noch ist. – Indessen werde ich mich aller etwaigen Differenzen ungeachtet dennoch an die Propaganda anschließen; denn lieber will ich *keinen Glauben* herrschend wissen, als den schwarzen, keuchenden, ertötenden Glaubenszwang. Im ersten Falle kann am Ende jeder Mensch, jede wärmere Seele sich aus sich selbst erheben und den Weg zu ihrem Schöpfer suchen, was mir die festeste und reinste

Religion zu sein scheint; während der denkende Mensch im letzten Falle gerade durch den erdrückenden Glaubenszwang immer in negative Haltung und Bitterkeit zurückgedrängt, der nicht denkende Mensch aber von den Verrätern der Seele und des Leibes, von den Finsterlingen, mißbraucht und mißhandelt wird.

Den 6. August

Das Morgenlied »Die Morgenwolken glimmen in düstrer Glut« gemacht. Abends bin ich in den Verein der »Union fédérale« aufgenommen worden und habe lebhaften Anteil an einer Diskussion genommen über die Frage, in welches Verhältnis wir Schweizer uns zu der neuern deutschen Propaganda zu setzen hätten. Alle Teilnehmer sprachen sich in verschiedenen Nüancen entschieden freisinnig aus.

Die »Union fédérale« ist ein Verein von jungen Leuten, welche sich regelmäßig versammeln, um sich gegenseitig zu bilden und Gesinnung und Urteil hauptsächlich über Fragen der Zeit zu heben und zu stärken.

Es gibt Sektionen in Zürich, Winterthur, Basel, Lausanne, früher auch in Genf. Die Lausanner Sektion ist die stärkste und zählt viele ausgezeichnete Talente unter ihren Mitgliedern. Eine belehrende und warme Korrespondenz wird zwischen den Sektionen geführt. Ich verspreche mir von diesem Vereine, der ganz im stillen wirkt, sehr viel.

Jean Pauls »Hesperus« fertig gelesen. Jean Paul ist mir ein reicher, üppiger Blumengarten und segenvolles, nährendes Fruchtfeld zugleich. Wenn ich einen ganzen Tag nichts tue, als in ihm lesen; so glaube ich doch gearbeitet oder etwas Reelles getan zu haben. Er ist beinahe der größte *Dichter*, welchen ich kenne, wenn man die Natur mit ihren Wundern und das menschliche Herz als die ersten und größten Stoffe oder Aufgaben der Poesie anerkennt. Nur läßt er seine Helden *allzuviel* weinen, und seine Tränen- und Blutstürze, sowie die Gestirne und die Sonne sind gar zu oft auf dem Schlachtfeld. Auch unterbricht er sich selbst manchmal in den schönsten Stellen durch seinen Witz, welcher, sei er noch so gut und schön, doch manchmal dem Leser ein wenig Ungeduld verursacht. Bewundernswert ist die unerschöpfliche Quelle seiner treffenden Gleichnisse aus allen Zweigen des Wissens.

Morgenspaziergang. Das Wetter ist rein und sonnenklar. Große Erquickung nach so viel traurigen Regentagen. Ich sollte eigentlich sparsam tun mit solchen Morgenpromenaden; denn da kommen mir die Ideen haufenweise hergetrollt und tummeln sich in wilder Anarchie in mir herum, so daß ich ihrer nicht mehr Meister werde und es mir schwer fällt, alles zu ordnen, besonders das schon Angefangene ruhig zu beenden. Was mich am meisten in immerwährender Aufgeregtheit erhält bei solchen Gängen, ist die Natur, die sich mit ihren tausend Bildern und Schönheiten immer zwischen die innern Ideen drängt; und doch muß ich jetzt, so weh es mir tut, für einige Monate die Malerei in den Hintergrund stellen, wenn ich in der Dichterei etwas tun will, um mir eine freiere und äußerlich ruhigere Zukunft zu verschaffen.

Der Beschluß, etwas an Lewald zu schicken, ist schon längst wieder kassiert.

Sonette: »Jean Paul«, »Chamisso», »Herwegh«.

1. Gedichte: Der Philosoph mag seine Wissenschaft zum Gotte machen, der Dichter aber muß ein positives Element, eine Religion haben. Gerade aber, weil er Dichter ist, so sollen seine religiösen Bedürfnisse frei von aller Form und allem Zwang sein, und er muß für diese Freiheit kämpfen.

2. Die Propaganda irrt sich, wenn sie glaubt, die Dichtkunst sei nur für die Tat und zu politischen oder reformatorischen Zwecken geschaffen. Der Dichter soll seine Stimme erheben für das Volk in Bedrängnis und Not; aber nachher soll seine Kunst wieder der Blumengarten und Erholungsplatz des Lebens sein.

3. Die Wissenschaft soll endlich dem Volk helfen, in Tat übergehen. Wenn die Philosophen ihre Resultate nicht populär machen, so werden die Pfaffen und Finsterlinge schon Sorge tragen, dieselben dem Volke auf eine Art zu übersetzen, welche in ihren Kram dient.

4.   Ein Frack und weiße Handschuh',
Ein lump'ger Seidenhut,
Ein hohles Herz von Kautschuk
Und kaltes Schlangenblut etc. etc.

5.   Landschaftliche Kompositionen:

1. Mittelalterliches Bild. In einer schönen deutschen Gegend liegt an einem Berge ein altes Städtlein mit all seinen Türmen und Baulichkeiten. Im Vorgrund eine bedeckte hölzerne Brücke mit einem St. Nepomuk, die über einen Bach führt, an welchem schöne Bäume stehen; der Bach führt weiterhin zu einer Mühle, welche, mit kleinen Gärtchen und Wirtschaftlichkeiten umgeben, ein schönes Stilleben im Bilde ausmacht. Über der Mühle ist eine Landwirtschaft mit einem Wirtshause, wo man einige Gäste aus dem Städtlein behaglich, unter Lauben sitzen sieht. Dann kommt der Mittelgrund mit dem Städtlein, welches sich im Abendschein an den Berg lehnt. Man sieht von ferne in die steilen Gassen hinein. Es muß alle Mannigfaltigkeit und Scheißkram eines solchen Nestes angedeutet werden. Auf dem Gipfel des Hügels steht das herrschaftliche Schloß und weiterhin etwa ein Galgen. Hinter dem Hügel, am Abhange desselben, liegt ein reiches Kloster mit seinen Gärten und Fischteichen, weiterhin noch eine einsame Kapelle. Ein Strom, in welchen man sich den vorgrundlichen Bach mündend denken kann, zieht aus dem Städtlein in die Ferne einem See zu, der sich in die Gebirge, welche das Bild schließen, verliert. Die Luft muß still und tiefblau sein, nur längs dem Horizonte ziehen schöne, helle Abendwolken.

2. Ernste, wilde Gegend mit Eichen- und Föhrenwäldern. Im Mittelgrund einzelne freistehende alte Eichen und altgermanische Opferstätten mit geheiligten Steinkreisen. Der Vorgrund ist wilde Heide mit Druiden- oder Heldendenkmalen, ein einsamer Barde mit der Harfe ist die Staffage. Nur unter den entfernteren Eichen sieht man einige Druiden wandeln. Ein kriegerischer Germane mag etwa auf seinem Pferde über die hinteren Gründe fliegen. Die Luft ist

bewegt. Große, imposante Wolkenmassen jagen sich über die Landschaft.

3. Ein stiller klarer Teich, von einem Bache angesammelt, in einem Walde, von schöngefärbten Steinen umgeben. Der Hauptbaum ist eine Linde, weiterhin kommen Buchen. Der Schierling ist die vorherrschende Pflanze im Vorgrunde. Das Bild muß im kühlen Schatten gehalten werden, nur der obere Teil der Bäume wirkt im warmen Sonnenschein.

4. Ein Abend in einer wenig gebirgigen Landschaft. Der letzte, nur noch zu ahnende Abendschein verglimmt auf den Gefilden; aber im Osten geht der Vollmond groß und golden auf und ist das Hauptmotiv des Bildes.

Es geht nichts über ein Kämmerlein, wie das meinige, wo die Aussicht über die Gärtchen und Hühnerhöfe geht, welche die englischen Gärten und Hinterparadiese der stillen Bürgerhäuser sind. Die wohlbekannten Frauen und Nachbaren hängen ihre Wäsche in die Sonne, die Hühner gackern, und die Hausväter lassen dann und wann ihre Flüche und Ordnungsmandate ertönen.

Wie lieblich und unschuldig aber klingt der Gesang einer benachbarten Mädchenschule zu mir herüber. Wie mächtig ergreifen mich diese wohlbekannten und doch längst vergessenen Kinderlieder, aus denen des Schulmeisters leitende Stimme ganz patriarchalisch herausschallt. Ein bißchen Berg und Wald guckt kümmerlich noch über die alten Dächer, hinter denen das Kind einst die Welt abgeschlossen glaubte. Das kleine Stück Berg war mir dann ein fernes, unerreichbares Amerika oder Ostindien. Wie anders jetzt, wo mir die glückliche Ruhe und Stille der Kindheit und die Abgeschiedenheit des Vaterhauses ewig unerreichbar geworden sind! – Und doch war eigentlich das Kind auch nicht ruhig und befriedigt; aber das friedliche Ergeben war sein. –

O klinge nur, du alte Orgel, an welcher auch ich einst gesungen habe; ich glaube, es waren die Kirchenlieder, die ich damals mit der größten Andacht sang; und jetzt??? *O Kinderzeit! O Zukunft!* Zu meiner Zeit war es eine Knabenschule; und wann wir zwischen den Lehrstunden im Hofe herumsprangen, dann zeigte ich den andern Buben das Vaterhaus und sagte: »Dort wohn' ich, in dem schwarzen Haus mit den roten Balken!« Dann sagten die Knaben wohl: »Ist das

Dein Vater, der dort herausschaut?« und ich antwortete: »Nein, mein Vater ist gestorben. Der herausguckt, ist ein fremder Mann, der bei uns wohnt, und meine Mutter ist in der Küche!« – –

Ich schaue jetzt zu dem gleichen verwitterten Fenster hinaus, und im Hofe des Schulhauses sind kleine Mädchen, die sehen mich und scheinen zu sagen: »Wer ist denn der Kerl mit dem Schnurrbart dort? Der macht ein trauriges Gesicht!« Ich glaube, sie lachen mich aus. – –

Gedicht: In einer hundsföttischen windigen Februarnacht führt der Teufel einen Scharfrichter und einen Zensoren auf einen Berg und übergibt, da der Scharfrichter sich beklagt, nichts mehr zu tun zu haben, dem Zensoren sein Amt. Er zeigt ihm die Erde rings umher, welche unter Schnee und Nebel begraben liegt, und befiehlt ihm, wenn der Frühling komme, alle hervorsprießenden Blüten und alles aufkeimende Grüne zu versengen und abzumähen, die Giftblumen aber und alles Unkraut (sittenverderbende Bücher, Paul de Kock) stehen und gedeihen zu lassen.

Ein Sonett an Herwegh gemacht und das Lied: »Die gute Sache«.

Das Sonett »An die Gelehrten« gemacht. Ich schlampere noch an einem über München herum, zerstoße aber den Schädel an einem störrischen Reim. Das Wort »schlampern« bringt mich gerade auf »Geschlampe«.

Den 10. August

Das zweite Sonett an Herwegh gemacht; ein altes Lied geendigt und ein neues angefangen; Gedichte ins Reine geschrieben, weidlich geraucht und große Unruhe und Unbehaglichkeit empfunden. Die Sache ergreift mich an allen Fibern. Ob sich wohl meine äußerlichen und ökonomischen Hundstage in innerliche, geistige Gewittertage verwandeln werden? Irgend etwas wird mich mein ganzes Leben hindurch peinigen, und vielleicht alles zusammen! Komme, was da wolle!

Den 11. August

Nichts getan.

Den 12. August

Ein Sonett gemacht: »An die protestantischen Theologen« und den zweiten Teil des Liedes: »Auf dem Berge«. Gedichte ins Reine geschrieben.

Den 13. August

Das Gedicht »Pfingsten« fertig gemacht. Gemächlicher Sonntag mit vielem Rauchen.

Unter dem blauen Himmel herumgelaufen, herrliches Wetter, im Kaffeehause vegetiert, Zeitungen gelesen. Die vielen Berichte von Zensurgeschichten und Bücherkonfiskationen, alle die Wutanstrengungen der dunklen Brut haben mich baß aufgeregt und mit neuen Entschlüssen zum heißen Kampfe geschwängert.

Einige Verse gemacht unter dem Titel: »Die tausendjährige Feier der deutschen Unabhängigkeit« und das Sonett: »Der deutsche Befreiungskrieg.«

Börnes »Briefe« unter die Klauen gekriegt. Es ist eine verfluchte Plackerei für einen armen Teufel, der sich gern um allerlei Erscheinungen der Zeit und der Literatur bekümmern möchte, jahrelang von verschiedenen Dichtern und Skribenten schwatzen hört und dieselben nie zu lesen bekommt; warum? Weil er isoliert ist, weil kein Mensch weiß, daß er ein verkanntes, verflucht hoffnungsvolles Genie ist, und weil er lauter Plebs und Mistfinken in seiner Umgebung hat. Bücher kann er keine kaufen, höhere Bibliotheken stehen ihm keine offen, und wenn in der Leihbibliothek sich wunderbarerweise ein verdauliches Buch findet, so muß er monatelang warten, bis er's endlich einmal bekommt.

Wenn die große Befreiung realisiert würde und ich ein Steuermann derselben wäre, so würde ich zuerst die Leihbibliotheken alle verbrennen lassen, um sie neu herzustellen. Aller Schund von namenlosen oder sonst schlechten Romanen- und Dramaschreibern würde total zerstört und lauter gute Nahrung angeschafft. Ich würde das *Volk zwingen,* entweder etwas *Gutes, Belehrendes,* oder *gar nichts* zu lesen. Ich würde auch eine Zensur einführen; aber nur für geistlose und mittelmäßige Bücher. Welch ein Vorteil für die großen Talente. Wenn keine andern, als gute Bücher verkauft und gekauft werden könnten, wie herrlich würden sich das Volk und die Schreibenden stehen!

Ebenso würde ich's mit dem Theater halten. Alle Ritterschauspiele, alle Kotzebubereien, alle erbärmlichen Lustspiele abgeschafft. Lauter klassische Stücke dürften gegeben werden; entweder müßte das liebe Publikum zu Hause bleiben, oder etwas Gutes anhören und endlich *angewöhnen* und *verstehen!*

Ich habe das »Pfingstgedicht« noch verlängert. Das Herz klopfte mir hörbar während dem Schreiben, es wurde mir eng und schwer. Es wurde mir klar, was es heißt, gegen zweitausendjährigen, positiven Glauben zu kämpfen; ich bedachte, was am Ende der Mensch mit allem seinem Wissen sei, und daß die größte, tiefste Philosophie zuletzt Irrtum und konsequente Blindheit sein könne, wie der *Aberglauben* eigentlich nur eine *Konsequenz, des positiven Christenglaubens ist.* Daher ist es eigentlich Unsinn, wenn *gute Christen* gegen Gespenster- und Hexenglauben eifern. Ich werde ein positives religiöses, aber für den Menschen unerklärliches Element festhalten, aber ich werde, wenn ich je zu einer Stimme komme, mit aller Macht dagegen streiten, daß die Gottheit von Menschen mißbraucht und ausgelegt werde. Jeder Mensch soll sich seine religiösen Bedürfnisse selbst ordnen und befriedigen, und dazu sollen Aufklärung und Bildung ihm verhelfen. Ich werde indessen die christlichen Dogmen, so wenig als diejenigen irgend einer andern Religion, verspotten; aber die Schurken, welche dieselbe mißbrauchen, und die Fanatiker oder Schwärmer, welche vermittelst derselben Andersdenkende verfolgen und verdächtigen, werde ich mit allen mir zu Gebote stehenden Mitteln angreifen.

Börne ist ein ordentlicher Goethefeind. Von der Seite, wie *er* ihn angreift, muß man ihm freilich vieles zugeben. Es ist Goethen aber auch von keiner andern Seite beizukommen. Ich weiß nicht, was mich eigentlich an ihm ärgert. Ob, daß einer, der den »Faust«, »Tasso«, »Iphigenie« etc. geschrieben, so ein egoistischer Kleinkrämer sein kann, oder daß ein solcher Hamster den »Faust«, »Tasso« etc. mußte geschrieben haben? Ich weiß nicht, schmerzt es mich mehr, daß Goethe ein so großes Genie war, oder daß das große Genie einen solchen Privatcharakter oder vielmehr Privatnichtcharakter hatte. Ich weiß nicht, hasse ich Goethen und mißgönne ihm seine Werke, oder liebe ich ihn um seiner Werke willen und verzeihe ihm seine Fehler? –

In Börnes »Briefen« gelesen. Ich kam auf den Gedanken, auch solche Briefe aus der Schweiz zu schreiben, für den Fall, daß ich etwas drucken ließe. Der Vorwurf der Nachahmung suchte mich zwar auf der Stelle heim, ward aber abgespeist. Erstlich liegt an der Form nichts und an den ausgesprochenen Gedanken *alles*, und zweitens soll man heutzutage den leichtesten und einfachsten Weg ergreifen, um mitzuwirken, und durchaus nicht ängstlich an Originalität etc. hangen. Die alten Wahrheiten müssen ihnen tausend und abertausendmal frisch in die Ohren gerufen werden. Ich habe sogleich daran angefangen.

Ich bade mich schon mehrere Abende mit der größten Lust in der Sihl. Es ist eine große Wohltat, im klar fließenden Wasser, zwischen Buchen- und Tannengrün, im Abendsonnenschein herumzuschwimmen und in den lieblich kosenden Wellen die Not und den Staub der Zeit abzuschütteln und zu vergessen!

Traumbuch 1846

Ich legte mich um elf Uhr etwas unwohl zu Bett und glaubte einiges Fieber zu haben; es war sehr schwül. Kaum war ich eingeschlafen, so weckte mich die Feuerglocke; vom Mondschein und dem geröteten Himmel war die Kammer seltsam erhellt; ich stieg aber zu oberst unter das Dach hinauf, um das Feuer zu sehen. Es war auf dem Lande. In der Gegend der Limmat stieg die rote Rauchsäule feierlich zum Himmel. Die Luft war lau und das Mondlicht fast wie berauschend; von der unmittelbaren Säule hinweg sammelte sich der Rauch in eine horizontale Schicht und trieb wie eine große Streifwolke weit gegen Westen hinaus oder vielleicht gegen Osten her, ich weiß es nicht mehr, wenigstens hing er am westlichen Himmel. Nachdem ich das Zusammenstürzen des Daches, welches sich immer durch ein letztes gewaltiges Auffahren von Rauch und Glut auch in der Ferne bemerklich macht, vergeblich hatte abwarten wollen, ließ ich Feuer und Mondnacht und eilte wieder hinunter ins Bett. Befangen und aufgeregt und unwohler als vorher, fürchtete ich, daß mir die noch immer fortwährende Feuersbrunst in Schlaf und Traum hineinbrennen und eine schlimme Nacht verursachen möchte. Ich hatte gegen Morgen folgenden Traum:

Den 15. September 1847 fortgesetzt, der Traum ist mir noch ganz gegenwärtig.

Ich stand in der Dämmerung auf dem Rathausplatze unter einem jener großen Volkshaufen, die sich zu versammeln pflegen, wenn irgendein Verbrecher auf die nahe Hauptwache geführt wird. Es war schon dunkel, als langsam ein Wagen durch das Gedränge gefahren kam, auf welchem eine unkenntliche schlanke Weibsperson saß, quer auf den Knien lag ihr ein totes Kind, sie aber saß aufrecht und reglos. Da kommt die Kindsmörderin, summte das Volk, in einer halben Stunde wird sie geköpft. Als ich die hohe Gestalt über den Häuptern der Menge dahinschwanken sah, hatte ich, wie ich mich ziemlich bestimmt erinnere, das Gefühl: ich wünschte ihr noch, daß das genossene Liebesglück kein gemeines und so groß gewesen sein möge, als das gegenwärtige Leid, dann sei es schon gut. Es war jetzt ganz Nacht geworden. Eine weiche, weiche Hand faßte die meine. Ein ganz unbekanntes fünfzehnjähriges Mädchen, dessen Augen ich in der Dunkelheit funkeln sah, flüsterte mir ins Ohr: Gottfried Keller, komm, wir wollen zu mir heim gehen! und zog mich geschickt und sachte aus dem Gedränge. Wir gingen durch allerlei dunkle Gäßchen, die ich in Zürich bisher gar nicht gekannt hatte und die auch nicht existieren. Das Mädchen schmiegte sich an mich und war ein unsäglich buseliges und liebliches Wesen, welches mich ungemein behaglich machte; ich verwunderte mich auch nicht, als auf einmal ihrer zwei daraus wurden, deren jede an einer meiner Seiten hing. Sie waren ganz gleich, nur mit dem Unterschiede einer etwas jüngeren und älteren Schwester. Als wir in einem Sackgäßchen angekommen vor einem hohen, schmalen Hause standen, hiessen mich die Kinder leise und behutsam gehen. So stiegen wir viele enge und steile Treppen hinan, jeden Tritt berechnend in der schwarzen Finsternis, sie führten mich an beiden Händen, oftmals hielten wir an, und die guten Mädchen suchten dann mein Gesicht und küßten mich herzlich, aber vorsichtig auf den Mund; sie konnten, wie mich dünkte, die Küsse sehr gut und vollkommen ausprägen, ohne Geräusch zu machen, sie fielen von ihren Lippen, wie neue goldene Denkmünzen auf ein wollenes Tuch, ohne zu klingen. Darum brauchten wir eine lange Zeit, bis wir endlich oben, in einem kleinen Dachkämmerchen, waren. Dasselbe war ganz vom Monde erhellt. Die runden Scheiben der Fensterchen waren auf den Boden gezeichnet. Sogleich zogen wir alle die Schuhe aus, um nicht laut aufzutreten. Man sah aus dem Fenster, vor welchem ein hohes Dach hinabging, über viele Dächer hinweg, unter denen man kaum die Fenster als schwarze Vierecke erkennen konnte; der Mondschein schwamm auf den Dächern, die Stadt war eingeschlafen und still, wir waren auch mäuschenstill, denn die Mädchen sagten, daß viele alte, böse Weiber in den benachbarten Dachkammern wohnten, welche ihnen immer aufpaßten und jede Freude zu verbittern suchten, wenn eine aufwache und uns höre, so seien wir des Todes. Wir saßen an einem kleinen Tischchen zwischen dem Fensterlein und dem Bette, welches mit einem schneeweißen Tuche sehr ordentlich und glatt bedeckt war. Wir durften natürlich kein Licht machen und saßen auch lieber so im Halblichte. Wir aßen und tranken etwas, aber ich weiß nicht mehr was, nur daß wir vergnüglich und leise die blinkenden Gläser aufhuben und wieder absetzten; und wenn etwa eines an einen Teller stieß, so zuckten wir ängstlich zusammen. Als eines der guten Kinder aufstand, das Bettuch abnahm und sehr sorgfältig zusammenlegte und dabei sagte: Wenn wir schläfrig werden, so können wir uns nun gleich aufs Bett legen und rechtschaffen schlafen: da durchfuhr mich ein ganz seliges Gefühl, aber nicht eigentlich sinnlich. Sie setzte sich wieder ans Tischchen und bot mir ihre weißen jungen Schultern zum Liebkosen, da fuhr sie plötzlich zusammen und sagte: Herr Jesus, die Weiber kommen! Halbtot vor Schrecken duckten sich beide fast in mich hinein und ich umfing sie, indem wir alle drei atem- und lautlos aufhorchten. Wirklich hörte ich deutlich, wie jemand über das Dach hinschlarpte, an einem benachbarten Dachfenster anklopfte, wie dort ebenfalls jemand herausstieg auf das Dach, dann sahen wir verschiedene Schatten vor unserm Fenster vorbeihuschen, es war offenbar, die alten Weiber weckten und versammelten sich; die Ziegel rasselten unter ihren schlurfenden Füßen, es kam immer näher über unsern Köpfen, es flüsterte: »Langt nur 'nein, sie haben gewiß einen bei sich!« Ein Ziegel wurde aufgehoben, eine lange, magere Hand langte herein, tappte herum und erwischte meine Haare, welche gen Berg standen, das Blut schien in meinen Adern zu gerinnen, als ich erwachte und tief aufatmete. Der bleibende Eindruck des Traumes war aber ein angenehmer und ich bin froh, daß es so abgebrochen wurde. Dieser Traum hatte mich erquickt für viele Tage, wie wenn ich das artige Abenteuer wirklich erlebt hätte.

Heute nacht besuchte ich im Traum meine Mutter und fand eine große Riesenschlange auf dem Tabouret zusammengeringelt liegen, wie früher unsere rote Katze, welche gestorben ist. Die Schlange bildete eine ordentliche Pyramide auf dem kleinen Stühlchen, auf dem obersten engsten Ringe lag der kleine Kopf, und neben ihm ragte das spitzige Schwanzende empor, welches aus dem hohlen Innern des Turmes vom untersten Ringe her aufstieg. Da ich erschrak, so versicherte meine Mutter, es sei ein ordentliches gutes Haustier, und sie weckte dasselbe. Wirklich entwickelte sich die Schlange sehr gemütlich, gähnte und reckte sich nach allen Seiten, wobei sie die schönsten Farben schimmern ließ. Dann spazierte sie in hohen Wellenbewegungen in der Stube umher, über den Schreibtisch und über den Ofen hin, stellte sich auf den Schwanz und fuhr mit dem Kopfe, da sie sich bei weitem nicht ganz aufrichten konnte, rings an der Stubendecke umher, als ob sie Raum suche. Dann folgte sie der Mutter in die Küche und auf den Estrich, wo sie hinging. Auch ich tat bald vertraut mit dem Tier und rief es gebieterisch beim Namen, den ich vergessen habe. Plötzlich aber hing die Schlange tot und starr über den Ofen herunter und nun fürchteten wir sie erst entsetzlich und flohen aus der Stube. Da wurde sie wieder munter, putzte sich, lachte und sagte: »So ist es mit euch Leutchen! Man muß immer tot scheinen, wenn man von euch respektiert werden soll.« Wir lachten auch, spielten mit ihr und streichelten sie. Da stellte sie sich wieder tot, sogleich wichen wir entsetzt zurück; sie machte sich wieder lebendig und wir näherten uns wieder, sie erstarrte nochmals und wir sprangen immer wieder fort. So trieb sie das Spiel, während ich mich in andere Träume verlor, die sehr schön waren; denn es reut mich sehr, daß ich alles vergessen habe. Ich glaube, ich träumte von der Winterthurerin, weil mich immer noch eine Sehnsucht treibt, diese Träume auszugrübeln, aber es ist vergebens. Man sollte sich während besonderer Träume bestimmte Kennzeichen machen können. Dies erinnert mich an einen Traum, den ich vor einigen Jahren hatte, wo ich, von schrecklichen Bildern gequält und gepreßt, mich kurz und gut entschloß, mich an der Nase zu zupfen, damit ich erwache. Dies geschah auch und ich fühlte beim Erwachen noch deutlich den Druck des Daums und Zeigefingers an meiner Nase. Als ich diesen lustigen Vorfall erzählte, machten die Leute ungläubige Gesichter, obgleich ich durch ihre eigenen Erzählungen ähnlicher Träume dazu veranlaßt war. Sie stießen sich auch nicht am Sonderbaren, sondern nur am Zutreffenden und Passenden dessen, was ich zum Gespräche und Stoff desselben beitrug. Weil viele Schwätzer die Gewohnheit haben, von jeder Sorte von Erfahrungen und Merkwürdigkeiten, die gerade verhandelt werden, auch eine noch auffallendere besitzen zu wollen, so schienen die Leute mich auch in diese Klasse zu stellen. Aber da mir sonst immer der Vorwurf der Einsilbigkeit und mürrischen Wesens gemacht wird, bewies mir dies nur wieder die beleidigende Gedankenlosigkeit der meisten Leute. Auch dem Schulz werde ich beim Frühstücke keine Träume mehr erzählen, weil er den Verdacht aussprach, daß ich dieselben vorweg ersinne und erfinde. Er kennt nur die einfachsten Träume als: heut träumte ich von einem Sarg, oder von Rauten, oder: ich fing Fische, oder: ich sah einem die Nägel abschneiden usf. Weil er keine Phantasie hat, welche auch im Schlafe schafft und wirtschaftet, so hält er einen wohlorganisierten Traum, der einen ordentlichen Verlauf und schöne künstlerische Anschauungen hat, für unmöglich. So geht es! Der gute Schulz kann mit mir darüber zanken, daß ich in religiösen Dingen noch weniger Glauben haben will, als er, er kann sich sogar im Eifer in dogmatische Redensarten verirren: aber das Nächste und Einfachste, an einen schönen Traum glaubt er nicht, weil er ihm anspruchslos beim Frühstück erzählt wird und nur drei Schritte von ihm geträumt worden sein soll, vielleicht auch, weil sich keinerlei Bedeutung daraus ergibt, wenigstens für ihn nicht; denn in diesem Punkt ist er sehr gläubig und verlangt unsere Aufmerksamkeit für die abgeschmacktesten Dinge, welche er behauptet. Es ist doch sonderbar, wie auch der vortrefflichste Mensch solche Eigenschaften haben muß, gleich einem stolz segelnden Schiffe, welches Ballast braucht, um zu seiner guten Fahrt gehörig schwer zu sein.

Was habe *ich* für Ballast! – – o weh mir armen Treckschuite! eigentliche Kalkblöcke, die noch so greulich brausen, wenn das Meerwasser hereindringt! Als mein Lebensschiff aus Ostindien zurückging, nachdem es seine Ladung abgegeben, wurden ihm als Ballast ausgestopfte Krokodile und wüste Seetiere, Tiger und Hyänen mitgegeben für die Raritätensammlung in Europa, um wenigstens einigen Nutzen mit der Fracht zu verbinden. Schwere Kisten voll wunderlicher Schnecken und Muscheln und Stachelpflanzen pfropfte man in die tiefen Räume und als man das Schiff immer noch zu leicht befand, nahm man noch eine Truppe sündhafter nackter Bajaderen in die Kajüte, welche nach Paris bestimmt waren! Aber es fällt mir ein, daß es ein schlechter Spaß ist, mit seinen schlimmen Eigenschaften und Fehlern und gar mit seinen Sünden zu kokettieren; denn es ist kokettiert, wenn man witzige Bilder braucht, um sie zu bezeichnen, und vor einer höheren Einsicht verschwinden diese Seifenblasen der Phantasie. Nur eins noch! Es könnte viel Kummer und Verdruß verhütet werden, wenn jeder Mensch sich dreimal besänne, ehe er gute Ladungsstücke eines andern für Ballast und diesen letzteren als gute Fracht erklärt. Wenn man sich selbst ein wenig auf die Eisen geht, so kann man entdecken und muß gestehen, daß man sich vieler Dinge eigentlich zu schämen hat, welche an einem gelobt werden und umgekehrt. Das erstere tut unserer elenden Eitelkeit freilich nicht so weh, wie das letztere. Ich weiß nicht, welches empfindlicher ist: um gewisser Eigenschaften willen, die gerade nicht jedermann hat und daher für originell gelten, nichtsdestoweniger aber Schwachheiten sind, auf die zudringlichste Weise immer hervorgezogen und ausgezeichnet, oder um einiger Schroffheiten und Unebenheiten willen, die einem guten und löblichen Boden entspringen, immer getadelt zu werden.

Studiere dich selbst, jetzt und immer, deine Vergangenheit und Gegenwart, vergleiche deine strengen Betrachtungen mit dem, was andere, Freunde und Feinde, von dir halten, und du wirst zu zweierlei Resultaten kommen: entweder wirst du milder und friedlicher und umgänglicher – oder feiner und strenger und gewinnst an Stärke über die Gedankenlosen, je nach deinem Grundcharakter, in beiden Fällen aber wirst du, wie mich dünkt, nur gewinnen.

Ich schlenderte heute vormittag über den Fischmarkt. Weber, der Kupferstecher, lief mir nach und forderte mich auf, einen Frühtrunk zu nehmen. Ich hatte ihn vor vielen Wochen einmal in einer Kneipe, als wir in später Nacht ziemlich warm waren, verhöhnt, daß er immer sauren Wein söffe, was ihn fürchterlich aufbrachte, so daß wir uns ziemlich laut zankten beim Nachhausegehen und er mir endlich einen Stoß gab, daß ich auf den Hintern purzelte, worauf ich wütend auf- und ihm an den Kragen sprang. Die Freunde fuhren zwischen uns, die Polizeier und Nachtwächter umringten uns – kaum aber hatte mich einer dieser letzteren erkannt, so schrie er seinen Gesellen zu: »Fort mit uns! Das ist einer von den ›Freien Stimmen‹. Da werden wir in dem Saublatt herumgezogen!« Worauf sie sämtlich sich zurückzogen und uns ungeschoren ließen. Ich bin nämlich stark verdächtigt, Mitarbeiter jenes Spott- und Schmähblattes zu sein, was mich nicht sehr freut. Diesmal aber rettete uns dieser Verdacht; da die konservativen Spießer von Zürich, vom Patrizier bis zum Nachtwächter, nichts so fürchten, wie die Öffentlichkeit, rettete uns dieser Verdacht vor unwürdigen Polizeiaffären, worein uns unsere Torheit, die wir schon lange abgelegt glaubten, zu verwickeln drohte.

Weber kam mir heute versöhnlich lachend entgegen, ich hatte ihn seither nicht mehr gesehen. Er erzählte mir von einem Weinschenk, welcher, kürzlich aus Neapel zurückgekehrt, ein Faß Sizilianer Wein mitgebracht hätte, welches er wohlfeil verzapfe. Wir gingen hin und fanden einen aufgeweckten Mann, der als Mechanikus im Süden hantiert hatte. Alle Wände hingen voll greller Gouachebilder, der speiende Vesuv glühte wohl in zwölf verschiedenen Variationen, dazwischen Palermo, Sorrent, Salerno, Capri, Amalfi, Messina, Catanea, kurz alle lieben Namen und Orte von hüben und drüben, diesseits und jenseits der Meerenge bunt durcheinander, übertrieben und bunt, aber sonnig gefärbt. Dazu schleppte der Wirt einen alten Hut voll Laven, Bimsstein und Tropfsteinbrocken her; alle diese hundertmal gelesenen, besprochenen und geahnten Dinge, so naiv und abgelegen sie hier erschienen, machten doch in Verbindung mit dem südlichen ahnungsvollen und sehnsuchtweckenden Weine ihren gehörigen Eindruck. Der Wein erwies sich indessen als zu schwer und ungeheuerlich, ich dachte auch an jene südlichen Weiber, an die Hitze, an die Skorpionen, so daß sich mit dem Sprichwort: Bleib im Land und nähre dich redlich, in mein Herz das Verlangen nach einem feinen heimischen Liebesglücke in bestimmtester nobelster Form einschlich.

Weber fing an von meinem Freunde Ruff, dem anderen Kupferstecher, zu sprechen, mit dem ich seit mehreren Wochen auf unerklärliche Weise erkältet bin. Weber ist genial liederlich, unzuverlässig und unstät – Ruff ist talentvoll, geistreich, gewissenhaft, fleissig und vorsichtig. Beide kommen zu nichts. Aber Ruff bringt sich ehrenvoll durch die Welt, lebt mit ihr, äußerlich, im Frieden und hat immer sein gutes Glas Wein auf dem Tisch; aber er wagt nicht viel – Weber hingegen übernimmt eine Menge Arbeiten, läßt sich Geld darauf geben und beendigt sie nicht oder spät. Er lebt mit allen Kunstunternehmern in einem ewigen Intrigenkrieg und nennt dies Lebensklugheit und Erfahrung. Er verliert sich in die größten Unregelmäßigkeiten und genießt wenig Achtung, weil er nie bares Geld hat und liederlich aussieht. Ruff bringt auch die undankbarsten Arbeiten immer anständig und mit Geschick zu Ende, Weber schmiert und sudelt und ist höchst ungleich. Nun war es sehr ergötzlich, die Beschwerden Webers anzuhören: Ruff sei ein Tüftler und Rechner und gehe einen falschen Weg. Man *müsse* heutzutage intrigieren und den Kunsthändlern die Spitze bieten, man müsse in einen gewissen Jargon des Geschäftslebens eingehen, das fleißige Sitzen tue nicht alles – kurz, es war der ganze Zorn eines Zerfahrenen und Zerstreuten gegenüber einem Ruhigen und Bewußten, es war das Brummen und Sträuben des bösen Gewissens, oder milder und richtiger gesagt, des verkommenen Bewußtseins. Da ich merkte, daß der arme Teufel gern die ganze Sache auf Genie usf. hinausgespielt hätte, so half ich ihm, Ruffs Interessen unbeschadet, nach, und gab eine Menge kleiner Züge und Eigentümlichkeiten an, welche ich aus eigener Erfahrung und Beobachtung kenne und die dem Genie, oder wie man es nennen will, ankleben, aber leider ihm mehr schaden, als nützen. Ich konnte als Poet und Büchermensch dies alles natürlich und ziemlich gut vorbringen, so daß der gute Kerl ganz feurig und angenehm überrascht wurde, wie ich alles das so schön sagen könne, was er schon tausendmal gedacht habe. Ich muß leider gestehen, daß ich doch einige wirkliche Fehler Ruffs mit zutage bringen half und kann mich nur damit entschuldigen, daß dieselben just in seinem nörgelnden und überkritischen Wesen bestehen, das sich dann doch wieder inkonsequenterweise mit weniger als nichts begnügt, was nämlich die Gesellschaft betrifft. Übrigens wird die Zukunft lehren, was in diesem sonderbaren Menschen eigentlich steckt, dem ich mich so plötzlich während der letzten zwei Jahre meines Lebens rückhaltlos und durchaus angeschlossen habe, und der mir ebenso schnell zu entschwinden scheint. Sollte er eine Bestie sein, so fahre er zu den Vorfahren; vielleicht aber ist er spröd, verschämt und zu Mißverständnissen geneigt, wie ich. Es ist grauenhaft, wie man so ungewiß werden kann über Menschen, mit denen man jahrelang das Geheimste verhandelt hat.

In den Zeitungen gelesen, daß der Publizist und Jurist Ammann in Schaffhausen, den ich vor einem Jahre am Winterthurer Schießen beohrfeigt habe, im Schaffhauser Großen Rat den Antrag gegen Exekution des Tagsatzungsbeschlusses bringen und eine demagogische Wühlerei im Schaffhauser Volk anfangen will. Verletzte und unbefriedigte Eitelkeit soll den Esel dahin treiben und das Gelingen nicht ganz unmöglich sein. Ich hatte doch einen guten Instinkt damals und ich segne den Wein, der mich veranlaßte, dem widerlichen Ohrfeigengesicht sein Recht angedeihen zu lassen. Feig war er auch, denn er ist stärker als ich, und ließ sich doch prügeln.

Einige Stunden mit Baumgartner zugebracht. Er spielte mir einige schöne Phantasien von Liszt und Thalberg und eine von sich, nachher Lieder von Schumann, die wir zusammen sangen. Die »Lorelei« (Heine) von Sucher hat mich gewaltig gepackt und ich singe sie immer vor mir her. Dies Lied drückt sehr viel aus, wo einen der Schuh drückt, und was nicht gerade romantisch, sondern nur rein menschlich ist. Baumgartner hat auch ein paar Lieder von mir komponiert, die mir gefielen. »Ich will spiegeln mich in jenen Tagen« scheint mir in Rhythmus und Weise mit dem Gesumme zusammenzutreffen, mit welchem ich das melodische Lied einst, leise singend, gemacht habe. Während Baumgartner eine große Phantasie spielte, machte ich die Bemerkung, daß schöne Musik immer dem Hörenden diejenigen Phantasien hervorruft, welche ihm das, was er wünscht, nach seinem individuellsten Charakter, vorspiegeln. Eine prächtige Ouvertüre wird den einen als Triumphator in das Geräusch eines kriegerischen Siegeszuges versetzen, während sie den andern auf grüne Berge an die Seite einer Heißgeliebten führt; der dritte wird einen Roman ausspinnen, aus welchem er, zuerst verkannt und mißhandelt, zuletzt als glänzender Held hervorgeht und vor denen erscheint, welchen er imponieren möchte. Welch eine ungeheure Welt der verschiedensten Träume und Empfindungen zertrümmert in einem gefüllten Hause der letzte Bogenstrich eines großen Tonstückes! Doch das geht nur die Masse der Nichtkenner an, worunter ich gehöre. Ein Musikverständiger wird sich an der unabhängigen Kunst und Schönheit eines Werkes erfreuen. Zum Haufen der Nichtkenner gehören aber eine Menge Leute, welche über Musik faseln. Baumgartner versicherte mich, daß alles, was Gutzkow, Heine, Laube etc. über Musik geschrieben haben, wohl angenehm zu lesen, aber durchaus willkürlich und ganz laienhaft sei. Es ist die nämliche Erscheinung, wie bei allen Künsten. Nur die Kunstbeflissenen, ein enger Kreis stiller Künstler selbst, genießt die verschiedenen Werke in ihrer ganzen Tiefe, und jedesmal nur diejenigen, welche er selbst auch hervorzubringen sich bemüht. Alles andere ist mehr oder weniger untauglich; besonders aber das plastische Vergleichen und Schwadronieren führt zu nichts. Ich weiß wohl, daß die schreibenden Ästhetiker sich mit Spott und Galle gegen diese Behauptung verwahren; es ist aber doch so. Ein Schriftsteller kann wohl viel Gründlicheres über die Kunstgeschichte sagen, als ein Künstler, er kann den Geist der Richtungen und Schulen erforschen, vergleichen und beurteilen; aber das einzelne Produkt wird er nie verstehen und genießen, wie der Künstler, dafür hat dieser einen ganz eigenen Witz. Auch geht dem Federmenschen die schöne Pietät ab, welche die Künstler auch für überwundene Richtungen und Phasen bewahren, und welche ihnen dafür mit so manchem reinen Genusse lohnt.

Als Baumgartner spielte, wünschte ich wunderschön spielen und singen zu können der Luise Rieter wegen. Mein armes Dichten verschwand und schrumpfte zusammen vor meinen innern Augen, ich verzweifelte an mir, wie es mir überhaupt oft geht. Ich weiß nicht, was schuld ist, aber immer scheint mir mein Verdienst zu gering, um ein ausgezeichnetes Weib zu binden, vielleicht kommt das von der wenigen Mühe, welche meine Produkte mir machen. Strenge Studien, wenn sie mir auch nicht unmittelbar nötig sind, würden mir vielleicht mehr Gehalt und Sicherheit geben. Ein Herz allein gilt heute nichts mehr.

Mit meiner Schwester geht es körperlich besser, aber Geist und Gemüt scheinen von der Krankheit gelitten zu haben, sie ist verwirrt ohne Fieber. Dabei aber zeigt sie Witz und die Tiefe eines zarten und liebebedürftigen Gemütes tritt zum erstenmal zutage. Die Mutter wacht nun ganz allein schon vierzehn Nächte bei ihr, ich kann nichts helfen, ich bin die unnütze Zierpflanze, die geruchlose Tulpe, welche alle Säfte dieses Häufleins edler Erde, das Leben von Mutter und Schwester aufsaugt. Wenn mir Gott über diese warnende Probe hinaus hilft, so soll es anders werden. Indessen bin ich stolz auf unser verborgenes Leiden und auf die Stärke und Kraft meines armen alten Mütterchens und auf den stillen Wert meiner Schwester. Das übertrifft alle Fraubasereien meiner öffentlichen Beziehungen.

Den 17. September 1847

Heute bekam ich ein artiges Gedicht in Terzinen von der Ostsee her, von einem gewissen Bruno Bucher aus Köslin. Ich habe schon mehr dergleichen bekommen, dies freute mich aber ein wenig, darum, weil es in einer traurigen Stunde kam und mir sagte, daß ein Unbekannter am fernen Meer mich achte und liebe. Meine Eitelkeit erregte es nicht im mindesten, worauf ich genau acht gab. Einzig wünschte ich, daß es die Winterthurerin wüßte, die Liebe klammert sich an alle Würzelchen, welche helfen können.

Herrlicher Morgen auf dem Zürichberg. Ich stieg durch den Nebel hinan und strebte in den Sonnenschein, den ich auch bald er-
reichte, als ich auf die Höhe kam. Die Nebel wogten im Tale auf
und ab, See und Stadt waren unsichtbar, aber das Gebirge tauchte
aus den weißen Wolken, die Gletscher und Firnen schienen, hell
bestrahlt, viel größer und näher, da der ganze Mittelgrund fehlte.
Sie verschmolzen sich aufs schönste mit den vom Winde getriebe-
nen Nebelmassen, welche wie ein flüssiges Silbermeer in gut ge-
dachte Wolken und Flocken ausliefen und wechselnd das Gebirge
bald ganz, bald halb verschleierten. Ich sah die prächtigsten Bilder,
wo der triefende frische Wald die wunderbare Ferne einfaßte. Oft
sah ich den Nebel in feinen blauen und durchsichtigen Wallungen
wenige Schritte vor mir durch die Tannen fahren. Schön war es,
wenn hie und da eine schwanke junge Föhre oder Birke einzeln sich
vom klaren hellen Grunde abhob und ihre dunkle, vom Feuchten
blitzende Krone auf einer kaum unterscheidbaren blassen Schnee-
kuppe spielte. Meinen Lieblingsvogel, den Weih, sah ich seit Wochen wieder zum erstenmal kreisen. Wie kommt es, daß ich diesen
Sommer so wenig allein hinausgehe?

Auf dem Heimwege kam ich an dem alten kleinen Kirchhofe des
Siechenhauses Spanweid vorbei. Ein kleiner Junge schrie und deu-
tete immer dahin und sagte zu seinem Vater, der im Felde arbeitete:
»Schau den Toten dort, es geht ein Toter herum!« Ein alter siecher
Mann spazierte auf den Gräbern herum, man sah nur seinen Kopf
mit der weißen Zipfelkappe hinter der Mauer sich hin und her bewegen; ich konnte mich recht gut in die Vorstellung des Knaben
versetzen. Im Walde auf den schönen einsamen Wegen dachte ich
fort und fort die Luise an meine Seite. Eine junge Birke sah ich so
schlank und tadellos gewachsen, wie sie, dieselbige badete sich im
Silberduft und schwankte einsam mutwillig hin und her, als ob sie
nichts bedürfte. Gestern fand ich im botanischen Garten eine Geor-
ginenart, deren Blumen mir ganz ihr Wesen auszudrücken schienen. Sie war weiß von eigentümlicher Reinheit, die Hälfte der Blume verlor sich ins Fleischrosenfarbene, ganz blaß. Die Blätter waren
so schön gereiht und gebaut, das Ganze so zierlich munter und
aufgeweckt, so frisch und unbeschädigt, verglichen mit den schweren, plumpen dickroten und trübvioletten Dahlien, die in der Nähe

standen, an denen viel Hängendes, Willkürliches und Auswüchsiges das Auge beleidigte.

Heute im Wald wünschte ich ein gewandter Jäger zu sein, ich schoß ein junges, zartes Reh in Gedanken und überschickte es ihr, wozu ich mir ein Sonett ausdachte: Ich möchte sie nähren und kleiden mit allem, was die Erde trägt, und ihr Leben ganz allein tragen. Sie solle aber von der wilden, blutigen Gabe nicht auf ein rauhes, hartes Herz schließen. Im Liebesunmut schoß ich, fern von ihr, das junge Reh. – Da sie, wie ich höre, auch dichtet, so dachte ich mir ein Antwortsonett aus. Wenn ich auch nicht gerade wünsche, daß sie sehr schöne Verse mache, so fiel das Sonett doch sehr gut aus, von der Gegenliebe eingegeben. Hierauf kehrte ich zurück und traf sie auf dem Wege an, die Begegnung, ihre und meine Kleidung, die erste Verlegenheit, alles wurde aufs ausführlichste ausgeheckt und eine artige Novellette gemacht.

Wenn ich übrigens diese kindischen Phantasien nicht zum Dichten gut brauchen könnte, so wäre ich allerdings ein eitler Esel. Ist es aber mir armem Teufel nicht zu gönnen, wenn ich von der Ware, welche ich offiziell verfertige und verkaufe, im geheimen selbst ein bißchen nasche und konsumiere?

Zwei stattliche, sonnengebräunte Bauern pflügen mit starken Ochsen auf zwei Äckern, zwischen welchen ein dritter großer brach und verwildert liegt. Während sie die Pflugschar wenden, sprechen sie über den mittleren schönen Acker, wie er nun schon so manches Jahr brach liege, weil der verwahrloste Erbe desselben sich unstet in der Welt herumtreibe. Frommes und tiefes Bedauern der beiden Männer, welche wieder an die Arbeit gehen und jeder von seiner Seite her der ganzen Länge nach einige Furchen dem verwaisten Acker abpflügt. Indem die Ochsen die Pflüge langsam und still weiterziehen und die beiden Züge hüben und drüben sich begegnen, setzen die beiden Bauern eintönig ihr Gespräch fort über den bösen Weltlauf, führen dabei mit fester Hand den Pflug und tun jeder, als ob er den Frevel des anderen nicht bemerkte. Die Sonne steht einsam und heiß am Himmel.

Schulz schreibt sehr gute Artikel in die »Deutsche Zeitung«, über die Jesuitenfrage. So erweist es sich wieder, daß ein Mann, der hier still und anspruchslos lebt und von unsern Matadoren wenig beachtet zu werden scheint, unserer Sache im Auslande die realsten und trefflichsten Dienste leistet. Inzwischen erfüllt mich das Benehmen unserer Regierungsmänner, von Furrer, Rüttimann etc. mit der größten Achtung. Ich bin ganz im geheimen diesen Männern viel Dank schuldig. Aus einem vagen Revolutionär und Freischärler à tout prix habe ich mich an ihnen zu einem bewußten und besonnenen Menschen herangebildet, der das Heil schöner und marmorfester Form auch in politischen Dingen zu ehren weiß und Klarheit mit der Energie, möglichste Milde und Geduld, die den Moment abwartet, mit Mut und Feuer verbunden wissen will. Daß Begeisterung und die frische Tatkraft, eine einmal erkannte Fessel zu brechen oder mit andern Worten der Sinn für die rechte und notwendige Revolution darüber nicht verloren gehen, bin ich versichert. Übrigens wird die Revolution von Tage zu Tage unzulässiger und überflüssiger, in einer Zeit, wo das lebendige Wort sich fast überall Bahn zu brechen weiß, besonders aber bei uns, wo die Gerechtigkeit immer eklatanter nach jeder Verfinsterung auf dem gesetzlichen Wege siegt. Ja, wir werden bald alle Revolution verdammen und verfolgen müssen, weil sie, da bald überall gesetzliche Anfänge der Freiheit gegründet sind, das Erbe des Absolutismus wird. Vielleicht ist das etwas jesuitisch gedacht, aber item, es hilft. Daß es keine Revolution ist, wenn die Italiener sich von Östreich oder die Polen von Rußland, wenn auch auf die blutigste Weise, losmachen wollen, versteht sich von selbst.

Man klagt immer, die antike Tugend sei verschwunden, während wir die glänzendsten Beispiele, nur im modernen Gewand in nächster Nähe haben. Bürgermeister Furrer genoß als Advokat eine jährliche Einnahme von etwa zehntausend Gulden. Als Bürgermeister bezieht er eintausend und nur, wenn Zürich Vorort ist, dreitausendfünfhundert, um die Etikette zu bestreiten. Mit tausend Gulden kann aber eine Familie, wenn sie einigen Anstand beobachten will, nur knapp leben. Welches Opfer hat er also gebracht! Tausend Annehmlichkeiten muß er nicht nur sich, sondern auch Frau und Kindern entziehen, die Hauptsache ist aber: er kann für die alten Tage und für seine Kinder nicht dasjenige Vermögen ersparen, nach welchem ein Mann von seinen Verdiensten, Einsichten und Kenntnissen mit Recht trachten darf und soll. Denn wir haben weder Pensionen noch große Stipendienfonds. Die Ehre ist keine persönliche

Entschädigung, weil Furrer nicht im mindesten ehrgeizig ist. Während er auf diese Weise im wörtlichsten Sinne für den Staat Entbehrungen trägt, hat er auf der einen Seite mit der niederträchtigsten gewissenlosesten und kleinlichsten Opposition zu kämpfen, auf der andern aber mit den steten Vorwürfen und Anfeindungen der eigenen Parteiextreme. Nichtsdestoweniger führte er seine Aufgabe mit seinen Freunden ruhig und standhaft, ohne Ostentation zum Ziele, so daß nun Zürich wieder moralisch an der Spitze der Bewegung steht. Ähnlich verhält es sich mit Rüttimann, welcher zwar eine reiche Frau hat, der aber durch unbegreifliche eiserne Arbeitstätigkeit sich auszeichnet. Ein erbaulicher Charakter anderer Art ist Alfred Escher; der Sohn eines Millionärs, unterzieht er sich den strengsten Arbeiten vom Morgen bis zum Abend, übernimmt schwere weitläufige Ämter, in einem Alter, wo andere junge Männer von fünf- bis achtundzwanzig Jahren, wenn sie seinen Reichtum besitzen, vor allem aus das Leben genießen. Man sagt zwar, er sei ehrgeizig; mag sein, es zeichnet nur eine bestimmtere Gestalt. Ich meinerseits würde schwerlich, auch wenn ich seine Erziehung genossen hätte, den ganzen Tag auf der Schreibstube sitzen, wenn ich dabei sein Geld besäße.

Ich komme soeben aus der Gesellschaft, ziemlich gebeugt von achttägiger Liederlichkeit, die doch wiederum höchst unschuldig ist, wenn ich andere Personen und Verhältnisse betrachte. Ich glaube mich immer schlechter und schwächer als andere und finde mich am Ende immer ein klein wenig besser. Wahrscheinlich aber werde ich mit meiner naiv beschaulichen und müßiggängerischen Weise zugrunde gehen, während die praktischen und emsigen Korruptions- und Schlendriansmenschen florieren.

Habe mich auf die ehrbarste Weise an der lieblichen Braut eines Quidam gefreut und dachte an die X – selbst X, noch einmal selbst X. Ich bin auch nicht von Stroh.

Gute Nacht, mein liebes Herz, du verlierst sehr viel, wenn du nicht aushältst!

Heute Nacht träumte mir von einem Weih. Ich schaute in einem Hause zum Fenster hinaus, im Hofe standen die Nachbarn mit ihren Kindern, da flog ein großer, wunderschöner Gabelweih über den Dächern einher. Er schwebte eigentlich nur, denn seine Flügel waren dicht geschlossen und er schien vor Hunger krank und matt, indem er immer tiefer sank und sich mit Mühe wieder erheben konnte, aber nie so hoch, als er vorher gesunken war. Die Nachbarn mit ihren Kindern schrien und lärmten und warfen ungeduldig die Mützen nach ihm, um ihn ganz herabzuwerfen. Er sah mich an und schien, sich auf und nieder bewegend, mir sich nähern zu wollen. Da lief ich schnell weg in die Küche, um etwas Speise für ihn zu holen. Ich fand mit Mühe etwas, und als ich hastig damit wieder am Fenster erschien, lag er schon tot am Boden in den Händen eines kleinen lausigen Jungen, welcher die prächtigen Schwungfedern ausrupfte und umherwarf und endlich ermüdet den Vogel auf einen Misthaufen schleuderte. Die Nachbarn, welche ihn endlich mit einem Steine herabgeworfen hatten, waren unterdessen auseinander- und an ihre Geschäfte gegangen. Dieser Traum machte mich sehr traurig; hingegen ward ich wieder sehr vergnügt, als ein junges Mädchen kam und mir einen großen Strauß Nelken zum Kaufe anbot. Ich wunderte mich sehr, daß es im Dezember noch Nelken gebe, und handelte mit dem Kinde; sie verlangte drei Schillinge. Ich hatte aber bloß zwei in der Tasche und war in großer Verlegenheit; ich verlangte, sie sollte mir für zwei Schillinge von den Blumen absondern, indem nur so viel in meinem Champagnerglas, in welchem ich die Blumen gewöhnlich aufbewahre, Platz hätten. Da sagte sie: »Lassen Sie mal sehen, sie gehen schon hinein.« Nun stellte sie eine Nelke nach der andern bedächtig in das schlanke glänzende Glas, ich sah ihr zu und empfand jenes Behagen und Wohlgefühl, welches immer in einen kömmt, wenn jemand vor unsern Augen eine leichte Arbeit still, ruhig und zierlich vollbringt. Als sie aber die letzte Nelke untergebracht hatte, wurde es mir wieder angst. Da sah mich das Mädchen freundlich und schlau an und sagte: »Sehen Sie nun? Es sind aber auch nicht so viel, wie ich geglaubt habe, und sie kosten nur zwei Schillinge.« Es waren indessen doch keine eigentlichen Nelken, aber von einem brennenden Rot und der Geruch war außerordentlich angenehm und nelkenhaft.

Vergangene Nacht befand ich mich in Glattfelden. Die Glatt floß glänzend und fröhlich am Hause vorbei; aber ich sah sie in eine weit fernere, fast unabsehbare Ferne fließen, als es wirklich der Fall ist. Wir standen am offenen Fenster gegen die Wiesen hinaus, da flog ein mächtiger Adler durch das Tal, hin und wieder; als er sich drüben an der Buchhalde auf eine verwitterte Föhre setzte, klopfte mir das Herz auf eine sonderbare Weise. Ich glaube, ich empfand eine rührende Freude darüber, zum erstenmal einen Adler in seiner Freiheit schweben zu sehen. Nun flog er ganz nah an unserm Fenster vorbei, da bemerkten wir genau, daß er eine Krone auf dem Kopfe trug, und seine Schwingen und Federn waren scharf und wunderlich ausgezackt, wie auf den Wappen. Wir sprangen, mein Oheim und ich, nach den Gewehren an der Wand und postierten uns hinter die Türen. Richtig kam der riesige Vogel zum Fenster herein und erfüllte fast die Stube mit der Breite seiner Schwingen; wir schossen und am Boden lag anstatt des Adlers ein Haufen von schwarzen Papierschnitzeln, worüber wir uns sehr ärgerten. Es nimmt mich eigentlich wunder, warum ich diese kindischen Träume aufschreiben mag. Jedoch kommt es von der glücklichen Stimmung, in welche mich diese einfachen Spiele der träumenden Seele auch noch nach dem Erwachen versetzen. Wenn ich auch einst nichts Lesenswertes mehr in dem Aufgeschriebenen finde, so wird mich doch beim Anblick der jeweiligen Daten eine dunkle süße Erinnerung befallen eines still genossenen schuldlosen Glückes.

Auffallend ist es mir, daß ich hauptsächlich, ja fast ausschließlich, in traurigen Zeiten, wo ich den Tag über in kummervollem Brüten dahinlebe, solch heitere und einfach liebliche Träume habe.

Den 15. Januar 1848

Träumte die halbe Nacht von einem silbernen Armband. Das Mittelstück desselben bildete ein alter feiner Zürcher Gulden, auf welchem die alte Stadt Zürich mit ihren Türmen geprägt war; das übrige Band bestand aus künstlich gearbeiteten Kettchen und Gliedern von der schönsten Formen und Verhältnissen. Ich spielte sehr vergnügt mit diesem sonderbaren Schmuck und schämte mich nicht, mein Handgelenk damit zu zieren, gleich einem Mädchen. Gegen Morgen wollte mir jemand das Band wegnehmen und ich zankte darum, bis ich erwachte.

Übrigens erinnere ich mich jetzt wirklich eines silbernen Armbandes von zwei Jahren her, an welches sich Beziehungen knüpfen.

Sah auch eine herrliche Landschaft, wo die Ströme leuchteten, wie Edelsteine, die Berge und die Vegetation waren von den wunderbarsten Formen. Als ich in der Nacht mitten aus dieser Natur aufwachte, glaubte ich alle Linien so fest in mir bewahren zu können, daß ich sie am Morgen nur gleich zeichnen möge; aber nachher schlief ich wieder ein, und jetzt habe ich nichts mehr, als den allgemeinen angenehmen Eindruck. Wenn ich am Tage nichts arbeite, so schafft die Phantasie im Schlafe auf eigene Faust; aber das neckische liebe Gespenst nimmt seine Schöpfungen mit sich hinweg und verwischt sorgfältig alle Spuren seines spukhaften Wirkens.

Der Frühling hat mich armen Teufel letzte Nacht besucht und ge-
tröstet, auf jeden Fall habe ich dies Jahr den ersten Vorgeschmack
des Lenzes genossen.

Ich ging in einem großen schönen Garten, welcher dazu noch
mein gehörte. Er war im »Platz« gelegen, wo jetzt der Bahnhof
steht, und füllte den ganzen obern Raum zwischen den beiden Flüs-
sen, der Limmat und der Sihl, aus. Die Blumenbeete waren ländlich
unregelmäßig, ohne Einfassungen, von den zufälligsten Formen, die
Wege schlängelten sich weich und glatt hindurch und verloren sich
und trafen sich wieder zwischen den herrlichsten Blumengebü-
schen. Der Garten verlor sich ohne Scheidewand oder Hecke in die
schattigen Anlagen des »Platzspitzes«, welche im glänzendsten
Grün standen, die beiden Flüsse schimmerten in der Sonne, blau
und grün, wie mutwillige Schlangen, ich schlürfte alles mit dem
reellsten Genusse und Bewußtsein in mich hinein. Weiße Schmetter-
linge von der Größe einer Taube wogten langsam auf den blauen
und roten Blumenfeldern herum. Ich wollte mir einen fangen, indem ich mir dachte, es müsse ein prächtiges Dekorum für mein
Zimmer abgeben, stopfte und zündete eine Pfeife Tabak an, um den
Vogel mit dem Tabaksafte schnell zu töten; aber, indem ich einige
Züge rauchte, schämte ich mich, erstens den Blumen- und Lenzduft
zu verunreinigen und zweitens einen Schmetterling zu töten; über
diesen Betrachtungen verschwand der Garten und die Farben-
pracht; Grau umhüllte mich, und ich sah nichts mehr, als eine
mächtige silbergraue Weide, welche mit dem heftigsten Sturmwin-
de rang. Sie war ein Bild der tiefsten Zerknirschung. Wie rasend
schlugen ihre Äste um sich und brausten und sangen mit solchen
herzzerreißenden Tönen, daß ich voll Schrecken, doch mit einem
wollüstigen Zittern zuhörte. Doch die Windstöße kamen immer
stärker und schienen den Baum gänzlich brechen zu wollen. Ich
erwachte; der Südwind ging mit mächtigem Wehen und schmolz
den Schnee von dem Dache, unter welchem ich schlief; er tropft
heute den ganzen Tag zur Erde.

Gern genieße und feire ich die heiteren unter den christlichen Festtagen mit; wenn am Ostermorgen, am Himmelfahrtstag oder in der Pfingstfrühe die Glocken durch die klare Luft tönen, die stille Sonne und das alte treue Himmelblau auf der blühenden Erde liegen, wenn die gedankenleichten, unbekümmert frommen Leute auf Wegen und Stegen den Kirchen zueilen, dann tue ich mein Fenster weit auf und lasse meine Seele auf der allgemeinen behaglichen Andacht ausruhen, und die Ruhe, welche ich finde, beweiset mir, daß ich wohl nicht zu den Schlimmen gehöre, ungeachtet der Scheidewand, welche zwischen mir und dem betenden Volke besteht. Aber wie ich seit einiger Zeit ängstlicher auf den Wechsel der Jahreszeiten achte, und wie mich der kommende Vollmond jedesmal sorglicher und gedankenvoller findet, so habe ich besonders auch für den ersten Mai eine größere Pietät gewonnen, als für alle anderen Tage im Jahre. Das kommt vom Scheiden der Jugend. Je älter wir werden, desto mehr lernen wir den Frühling verstehen und schätzen; dem unbewußten Genießen und Sehnen folgt die bestimmte Absicht, keinen der flüchtigen Lenztage des Lebens mehr zu verlieren, und, obgleich wir fühlen, daß der Geist ewig jung bleibt, so möchten wir doch neben seinen Früchten noch einige Blüten der leiblichen Jugend glänzen sehen.

Ich bin heut früh ins Freie gegangen; aber es war ein wunderlicher erster Mai. Die Natur prangte in ihrem schönsten Schmucke, das Grün war frisch und schön, die Sonne schien hell vom Himmel; aber es wehte ein so scharfer und rauher Ostwind, daß es einen mitten im Glanze fror und schauerte. Oft flogen schwarze Schatten über die Lenzfelder, von jagenden Wolkenmassen geworfen; die Wolken wurden immer dichter; doch der Wind wehte mit großem Geräusche so heftig und wild, daß sie vorweg zerrissen wurden und die Sonne immer da war; der Staub wirbelte in Säulen auf den Heerstraßen, wälzte sich über das Wiesengrün und füllte die zarten Blumenkelche in den Gärten. Es war eine peinliche und frostige Unruhe, und man konnte des Frühlings nicht froh werden.

Ich ging in die Stadt, wo Jahrmarkt war. Es war viel Volk hereingekommen und trieb sich emsig herum, doch war sein Verkehr mehr scheinbar; denn alles klagte über den großen Geldmangel und die schlimme Zeit. Am fröhlichsten waren die jungen Soldaten, welche in ihren neuen Uniformen der Not und der Bestürzung des Tages vergaßen und singend umherzogen. Wann werden die Frühlinge nahen, wo diese blutroten Menschenblumen nicht mehr jedesmal mit den tausend andern Blumen hervorkriechen und ihre unheilvolle Pracht an der Sonne spiegeln?

Am meisten niedergeschlagen waren die Künstler und die Besitzer von Merkwürdigkeiten, weil fast niemand um ihre Produktionen sich bekümmern mochte. Da standen sie in ihren traurigen bunten Jacken vor den Buden und stießen unsicher und klagend in die schadhaften Trompeten, daß einem die Tränen in die Augen traten. Weil das Volk kein Geld hatte, so spottete es zum erstenmal über diese Herrlichkeiten, welche es sonst bewunderte, und die Gaukler standen scheu und schlotternd vor ihren gemalten Wundern.

Ich trat in ein Wachskabinett; die Gesellschaft der Potentaten sah sehr liederlich und vernachlässigt aus, es war eine erschreckende Einsamkeit, und ich eilte durch sie hin in einen abgeschlossenen Raum, wo eine anatomische Sammlung zu sehen war. Da fand man fast alle Teile des menschlichen Körpers künstlich in Wachs nachgebildet, die meisten in kranken, schreckbaren Zuständen, eine höchst wunderliche Generalversammlung von menschlichen Zuständen, welche eine Adresse an den Schöpfer zu beraten schien. Ein ungeheuer großes Herz, welches seinen Eigner getötet hatte, führte das Präsidium, und ein sehr schön ausgebildeter Magenkrebs schien der Sekretär oder Schriftführer zu sein. Ein ansehnlicher Teil der ehrenwerten Gesellschaft bestand aus einer langen Reihe Gläser, welche vom kleinsten Embryo an bis zum fertigen Fötus die Gestalten des angehenden Menschen enthielten. Diese waren nicht aus Wachs, sondern Naturgewächs und saßen im Weingeist in sehr tiefsinnigen Positionen. Diese Nachdenklichkeit fiel um so mehr auf, als die Bursche eigentlich die hoffnungsvolle Jugend der Versammlung vorstellten. Plötzlich aber fing in der Seiltänzerhütte nebenan, welche nur durch eine dünne Bretterwand abgeschieden war, eine laute Musik mit Trommel und Zimbeln zu spielen an, das Seil wurde getreten, die Wand erzitterte, und dahin war die stille Aufmerksamkeit der kleinen Personen, sie begannen zu zittern und zu tanzen nach dem Takte der wilden Polka, die drüben erklang;

das große Herz mochte noch so geschwollen aussehen, der Magen-krebs noch so rot werden vor Ärger, es trat Anarchie ein, und ich glaube nicht, daß die Adresse zustande kam. Die einzige Merkwür-digkeit des Marktes, welche einigen Zuspruch erhielt, war ein Rhi-nozeros. Das Schicksal dieser antediluvianischen Bestie ist eng mit dem Fall des Königtums in Frankreich verknüpft, indem sie für den Jardin des plantes in Paris bestellt, aber von der provisorischen Regierung wieder abbestellt wurde, weil man dort jetzt das Geld sonst brauche. Heimatlos irrt das altmodische Tier nun in der Schweiz umher, doch ist es nicht brotlos, da seine Seltsamkeit und sein Horn auf der Nase ihm ein hinlängliches Auskommen sichern. Wohl jedem, der in diesen Zeiten etwas Rechtes gelernt hat!

Als vollends in diesem verworrenen Treiben einige verwehte Re-publikaner aus Baden erschienen mit zerknickten schwarzrotgolde-nen Kokarden, da flüchtete ich mich auf den Lesesaal, wo die hun-dert Zeitungen und Flugblätter vor kurzem noch als weiße Blüten des papiernen Völkerfrühlings lustig geflattert haben. Aber ach! auch über diesen Lenz ist ein Frost gekommen. Die Sonne scheint wohl noch, aber der Wind heult kalt und schneidend darunter hin. Ein unerquicklicher, schamloser Hader ist erwacht, die niedergetre-tenen Feinde der Menschheit lachen bereits wieder in ihrem Staube. Jeder Philister weist grinsend nach Frankreich hin, wo sich das liebe Volk unbesonnen in Not und Sorge gestürzt hat; es ist eine abscheu-liche Freude, welche alle Welt über dieses Exempel empfindet, das eine Nation an sich selbst statuierte, sie freuen sich nicht darüber, daß diese noble Nation auf ihre Kosten eine Erfahrung für alle Völ-ker machte, sondern sie freuen sich überhaupt, daß, wie sie nun erwiesen meinen, der Armut nicht geholfen werden könne, daß sie nun aufs glänzendste wieder für ein Jahrtausend gründlich gesetzt sei. Und sie kleiden ihren inneren Jubel in widerliche heuchlerische Klagen.

Ein Korrespondent der »Allg. Augsb. Zeitung« erzählt schaden-froh, wie in Galizien hunderttausend Mistgabeln und Sensen erho-ben seien, um die polnischen Edelleute und überhaupt alle fashio-nablen Schnürröcke zu spießen und zerhacken, welche von der Befreiung Polens etwa zu reden kämen. Dieser Mann verhüllte sei-ne Freude in eine warme Teilnahme für die früher mißhandelten Bauern, welche ganz recht hätten, nicht mehr in jenes feudalistische

Elend zurückkehren zu wollen; das haben sie allerdings, und dieses Recht ist um (so) leichter zu behaupten, als jenes Elend unmöglich mehr zurückkehren kann.

Die Polen selbst benehmen sich wie ungeratene Jungen, welche ihren Freunden eitel Herzeleid und Kummer verursacht. Während sie nur durch die neuen Lehren des einfachsten Naturvölkerrechtes wieder aufleben können, durch die Vernichtung der schuldiplomatischen Gebietsfresserei, ergehen sie sich in den Redensarten gerade dieser verfaulten lasterhaften Zeit und sprechen von der Herstellung eines antediluvianischen Reiches auf Kosten des deutschen Volkes; liebenswürdig ist einzig die Unverschämtheit, mit welcher sie dies tun zu einer Zeit, wo sie noch keine Handhabe zu dem Messer besitzen, dessen Klinge noch in Rußland vergraben ist. Aber es tut nichts, die nächsten Jahre werden sie eines Besseren belehren wie alle Völker, welche sich vernunftwidrig gebärden. Übrigens, wenn die Polen lauter unbrauchbare Teufel wären, so müßte Europa dennoch den letzten Vers zu dem Lied singen, welches man ihnen seit siebenzehn Jahren täglich vorgesungen hat, und Deutschland so gut wie die andern, Deutschland, das seit eben diesen siebenzehn Jahren keinen Dichter hervorbrachte, welcher nicht mit dem herkömmlichen Polenliede debütieren mußte.

Ich sah auch Deutsche, sonst bewährte Männer, welche mit finsterem Blicke die Nachrichten von den Fortschritten der Italiener lasen. In ihrem Grolle sah man nicht klar, ob er nur von dem Einfalle in Welschtirol herrührte; denn schon vorher beschuldigten viele die Italiener des Undankes und des Verrates, weil sie erst nach der Wiener Revolution noch ihren Schild erhoben – als ob ein Volk innert seiner heiligen Grenzmarken unter allen Umständen irgend eine Verpflichtung hätte, die Möglichkeit seiner Befreiung unbenutzt vorbeigehen zu lassen!

Am meisten aber quält mich das ewige Kriegsgeschrei deutscher Essigsieder gegen Frankreich. Kaum war der erste Freudenschrei, der über den Rhein kam, verhallt, kaum war die ungeheure Lawine, welche er in Deutschland erweckte, im Schuß, so hieß es zum Danke wie aus einem Mund: Rüstet euch gegen den Erbfeind! Als Antwort darauf erschien das Manifest Lamartines; es wurde verhöhnt; nach abgemessenen Pausen ertönt der monotone widerliche Ruf fort: Sie kommen, sie kommen heut, sie kommen morgen, oder gewiß übermorgen – und drüben rührt sich keine Seele. Und wenn sie auch endlich kämen, so wäre die Ungerechtigkeit ihrer Sache der beste Schutz gegen sie, denn das Volk, welches jetzt zuerst den Krieg ohne goldschwere Ursache über seine Grenzen hinauswälzt, wird den Fluch und das Unglück zu seinem Erbe haben. Wer aber ohne Grund und vor der Zeit den Teufel eines Krieges zwischen Frankreich und Deutschland an die Wand malt, der streift mit roher Hand dem Lenzflore des Jahres 1848 seinen schönsten Blütenstaub ab.

So weht ein rauher unfreundlicher Hauch überall durch den Geistesfrühling dieses jungen Jahres. Das Göttliche ist erwacht auf Erden und bricht in tausend goldenen Flammen hervor; aber zugleich sammelt sich alle menschliche Schwachheit und Unvollkommenheit in eine qualmende Staubwolke, und wenn jene Flammen nicht zusammenschlagen können, so scheint diese dunkle dämonische Wolke sich um so leichter zu verdichten und den Schatten auf die irrenden Augen zu legen. Solange es Winter ist, ertragen wir den Schnee, aber schmerzlich verletzt er die Augen, wenn er nach warmen Frühlingstagen wieder rückfallend unversehens auf den grünenden Fluren liegt.

Doch nein! nein! Es wird Sommer, heißer, glühender Sommer! Das neunzehnte Jahrhundert, das verhängnisvolle, läßt uns nicht zuschanden werden, und haben wir nicht seine sommerliche Mitte erlebt? In zwei Jahren zählen wir 1850. Was kann da nicht alles reif werden und sich vorbereiten zur großen Wendung unserer Geschichten!

Der Wind hat sich gelegt, die Wolken sind verschwunden. Rein und tief wölbt sich der kristallene Himmel, die Sonne flammt still, groß und sicher an ihm. Und ebenso still, groß und sicher leuchtet das Gestirn unseres Schicksales und unserer Tage über der tosenden Verwirrung dieses Frühjahres. Ja, es ist ein gewaltiges Gestirn, und deutlich lesen wir in ihm, daß unsere äußere Lebensruhe dahin ist, und daß wir (nur) durch rastloses Ringen und riesenmäßige Arbeit die Ruhe unserer Seele erkämpfen können. Die goldenen Locken unserer Jugend werden in diesem Kampfe ergrauen, mit dem Schwerte in der Hand wird sie ihre Erfahrungen sammeln und unter den Waffen ihre Studien vollenden, und sie wird gedrängte Tage an das verwenden können, wozu die Väter lange Jahre brauchten. Das ganze zarte Geschlecht der Jungfrauen von heute wird unter Sturm und Gewitter verblühen und in kurzen fliegenden Augenblicken die heitere Freude haschen, welche es sonst in langen Lenzmonden schlürfte; aber diese Minuten werden schwerer, feuriger, seliger sein als jene langen ruhigen Jahrszeiten der müßigen Lust. Der Reiz seiner Unschuld wird die glühende Tugend der Jünglinge zieren, welche sich dem Vaterlande weihen. Die Mütter werden unter schweren Sorgen ihre Söhne aufziehen, aber jede hat dafür die stolze Hoffnung, dem Vaterlande einen Retter zu schenken; denn es wird keinen überflüssigen und unnützen Bürger mehr geben. Die Greise aber werden noch am Rande ihres Grabes die Summe ihres langen Lebens verdoppeln können und die Erfahrungen und Früchte eines Jahrhunderts mit hinübernehmen. Mein Herz zittert vor Freude, wenn ich daran denke, daß ich ein Genosse dieser Zeit bin. Wird dieses Bewußtsein nicht alle mitlebenden Gutgesinnten als das schönste Band einer allgemein gefühlten heiligen Pflicht umschlingen und am Ende die Versöhnung herbeiführen?

Aber wehe einem jeden, der nicht sein Schicksal an dasjenige der öffentlichen Gemeinschaft bindet, denn er wird nicht nur keine Ruhe finden, sondern dazu noch allen inneren Halt verlieren und der Mißachtung des Volkes preisgegeben sein, wie ein Unkraut, das am Wege steht. Der große Haufe der Gleichgültigen und Tonlosen muß aufgehoben und moralisch vernichtet werden, denn auf ihm ruht der Fluch der Störungen und Verwirrungen, welche durch kühne Minderheiten entstehen. Wer nicht für uns ist, der sei wider

uns, nur nehme er teil an der Arbeit, auf daß die Entscheidung be-
schleuniget werde.

Nein, es darf keine Privatleute mehr geben!

Über tredition

Eigenes Buch veröffentlichen

tredition wurde 2006 in Hamburg gegründet und hat seither mehrere tausend Buchtitel veröffentlicht. Autoren veröffentlichen in wenigen leichten Schritten gedruckte Bücher, e-Books und audio-Books. tredition hat das Ziel, die beste und fairste Veröffentlichungsmöglichkeit für Autoren zu bieten.

tredition wurde mit der Erkenntnis gegründet, dass nur etwa jedes 200. bei Verlagen eingereichte Manuskript veröffentlicht wird. Dabei hat jedes Buch seinen Markt, also seine Leser. tredition sorgt dafür, dass für jedes Buch die Leserschaft auch erreicht wird.

Im einzigartigen Literatur-Netzwerk von tredition bieten zahlreiche Literatur-Partner (das sind Lektoren, Übersetzer, Hörbuchsprecher und Illustratoren) ihre Dienstleistung an, um Manuskripte zu verbessern oder die Vielfalt zu erhöhen. Autoren vereinbaren direkt mit den Literatur-Partnern die Konditionen ihrer Zusammenarbeit und partizipieren gemeinsam am Erfolg des Buches.

Das gesamte Verlagsprogramm von tredition ist bei allen stationären Buchhandlungen und Online-Buchhändlern wie z. B. Amazon erhältlich. e-Books stehen bei den führenden Online-Portalen (z. B. iBookstore von Apple oder Kindle von Amazon) zum Verkauf.

Einfach leicht ein Buch veröffentlichen: **www.tredition.de**

Eigene Buchreihe oder eigenen Verlag gründen

Seit 2009 bietet tredition sein Verlagskonzept auch als sogenanntes "White-Label" an. Das bedeutet, dass andere Unternehmen, Institutionen und Personen risikofrei und unkompliziert selbst zum Herausgeber von Büchern und Buchreihen unter eigener Marke werden können. tredition übernimmt dabei das komplette Herstellungs- und Distributionsrisiko.

Zahlreiche Zeitschriften-, Zeitungs- und Buchverlage, Universitäten, Forschungseinrichtungen u.v.m. nutzen diese Dienstleistung von tredition, um unter eigener Marke ohne Risiko Bücher zu verlegen.

Alle Informationen im Internet: **www.tredition.de/fuer-verlage**

tredition wurde mit mehreren Innovationspreisen ausgezeichnet, u. a. mit dem Webfuture Award und dem Innovationspreis der Buch Digitale.

tredition ist Mitglied im Börsenverein des Deutschen Buchhandels.

Dieses Werk elektronisch lesen

Dieses Werk ist Teil der Gutenberg-DE Edition DVD. Diese enthält das komplette Archiv des Projekt Gutenberg-DE. Die DVD ist im Internet erhältlich auf **http://gutenbergshop.abc.de**

Zeitfracht Medien GmbH
Ferdinand-Jühlke-Straße 7
99095 Erfurt, Deutschland
produktsicherheit@kolibri360.de